JN065400

# 小鳥は鷹に包まれて

秋山真朱美

文芸社

目次

小鳥遊　伊織（初回）　5
小鳥遊　伊織（心理検査）　26
小鳥遊　伊織（フィードバック）　37
熊田　礼子（不眠症と、いじめ）　46
シニアピアカウンセラー　64
小鹿　万里子（パートナーのアル中）　72
牛田　琴都音（浮気）　78
団栗と犬塚さん（緊張）と町内会長　84
鮎原　愛歩（ストーカー）　89
命日と誕生日　95
大森　羊子（パワハラ）　108
お姫様抱っこと、年始のハプニング　124
夢で遊ぶコトリと現実の真実　157
安子さんの決意　168

波と戯れるコトリとユキミとの出会い　174
懐かしい風を吹かせたコトリ　190
貴やかな伊織と了介の想ひ　228
番外　それぞれの夜　237
あとがき　224

# 小鳥遊(たかなし)　伊織(いおり)〔初回〕

バス停から左に曲がり、徒歩三分、桜、散り交い曇る中に、あの真朱色(まそほいろ)のログハウスが見えてきた。

「もう桜も終わりなんだ」

と伊織はつぶやきながら、散った花弁(はなびら)を踏むのが申し訳ないかのように、それを避けながら入り口のチャイムを押した。

「かなり小さく桜並木心療内科って書いてあるのね」

と、宝物を探しあてた子供のようにほほ笑んだ。

「どーぞお入りください」と、中から女性の声がした。

かなり緊張していたが、その声に引き寄せられるようにドアを開けた。

「はじめまして、タカナシイオリと申します」と言い、深々と頭を下げた。

「お待ちしてましたよ、ようこそいらっしゃいました」

と、受付の女性がニッコリした。そして、

「あっ、コトリアソブのイオリさんね、ものすごーく珍しいお名前ですよね？」

と声をかけてくれたのが、伊織には嬉しかった。

「はい、そうなんです、皆様からそう言われます」

「では、そこの一番目のドアからお入りください」

と言われて、伊織は、ノックをするのも忘れ、緊張と共に恐る恐る中へ入った。

「はっはじ、はじめ、まして」

と、やっと小さな声が出た。それでも顔は下を向いていた。

「おいおい、そんなに怖がるなよ、ここはお化け屋敷じゃないぞ」

と言いながら伊織にほほ笑んだが、伊織は一向に顔を上げない。

「はじめまして、ボクは、この桜並木心療内科で臨床心理士であり精神科医及び責任者の、鷹(たか)山(やま)了介(りょうすけ)と申します、リョウちゃんと呼んでもいいのですが、最初からはさすがに呼べないよな」

とニコニコしながら言うが、伊織は笑うことをしなかった。

「私は、タカナシイオリと申します」と顔を真っ赤にして言葉を出した。

「ほー、コトリじゃないのか？」という先生の声に伊織の顔が少し先生のほうを向いた。

「それにしても、コトリアソブってかわいらしい苗字だな」

と、先生が伊織の顔を見てまたニコニコした。

「あっ、はい、ありがとうございます、私もこの苗字が大好きなので、結婚はしたくありません」

　と、徐々にではあるが、顔が先生のほうに向き、言葉もしっかりしはじめた。

「おっと、そうだった、コトリさん、懸想文をありがとう、ボクは生まれてはじめてでしたよ。このような心のこもった手紙をもらったことがなくて、嬉しかったよ」

「先生、け、けそうぶみってなんですか？　心情を綴っただけです、私は言葉で上手く説明できない性格なんです、懸想文って読書感想文みたいなものですか？　私、文章書くの好きだから」

　と、恥ずかしそうに笑った。

「だよなあ、今時、懸想文なんて言わないよなー、ボクはラブレターよりこの言葉の響きのほうが好きなんだがな」

「えーっ、あわわ、ラブ、ラブ、ラブレター、懸想文ってラブレターのことなんですか？　違いますよー、ラブレターじゃないし……」

　と、また下を向いてしまった。

「ごめんなー、ボクが勝手にそういう気持ちで読んでみてしまったんだが、確かにラブレターとはかけ離れているよな、ほんと、申し訳ない、それにしても実に良く書けてたぞ、文字もすごく綺麗だったしなー」

「ほっ、ほんとですか」と、下を向いていた顔がまた先生のほうに向いた。

「お前さん、今までよく一人で頑張って、生きてきたな。若いのに偉いよ、ずいぶん辛かっただろうな」

　急にしみじみとなってしまった。

「待ってたぞ、コトリ」

　と、どこかで声が聞こえた気がした。いつか聞いた声だと伊織は心の中でつぶやいた。

　それから一瞬、二人が共に黙りこんだその時、一羽の鵯（ヒヨドリ）が大きな声で、ピッピッピピピピと鳴きはじめ、庭の真っ赤に染まった、藪椿の間から飛び立った。

　伊織は泣きそうな気持ちをずーっと我慢していたのだが、ヒヨドリの鳴き声に驚いたのか、急に大声で泣き出してしまった。泣き止むまで待っていようと先生が席を立とうとした時、

「先生、ここにいてください、一人ぼっちはもういやだー」

　と、伊織が叫んだ。その叫び声は受付にいる黒田さんにも聞こえていた。黒田さんにも伊織からの手紙の内容は伝わっていたので、その叫び声と共に、黒田さんの瞳にも涙が溢れていた。

「桜並木心療内科様へ
はじめまして、私は小鳥遊（たかなし）　伊織（いおり）と申します。突然のお手紙をすみません。
私は短大二年の冬に両親を交通事故で亡くして、一人ぼっちになってしまいました。朝みん

なで朝食を食べて、それから夜には病院の霊安室。

もう何がどうなったのか頭の中が混乱しながらも、家の片付けや色々と手続き等があり気が張っていたのでしょうか、涙が出なかったんです。

ふと家族で撮った写真を見た時に、急に一人ぼっちになったんだという実感が湧いて、涙が止まらなくなりました。

私には友達がいなくて、あっ、母が友達みたいだったのです。身寄りもいなくて、相談する人を探すのも大変でした。

心の窓口というのがあり、電話で話を聞いてくれるのですが、淋しいせいか、何度も何度も電話をかけてしまいましたが、オペレーターの人も忙しいのでしょうね、返ってくる答えはいつも、一度心療内科へ行ってくださいでした。

これから先、一人で生きていかないといけないんだと思うのですが、気ばかり焦ってしまい、どうしたらいいのか悩んでばかり。

いっそ死んでしまおうとも考えました……。

お恥ずかしいのですが、食事はいつも母が作ってくれていて、私はなんにもできないんです。バイトでもしなきゃと思ってみましたが、体がなんだか重く感じて、外に出ると車が怖くて、つい部屋に閉じこもってしまうのです。

それで心療内科を探しました。

学生時代の通学途中、バスの中から見え隠れしていた私の大好きな色、真朱色（まそほいろ）の建物がずっと気になり心に焼きついていました。

それが心療内科だとわかった時、何か縁というのを感じて、ものすごく嬉しくなりました。

それで、絶対にこちらに伺わせていただこうと決めたのです。

詳しくは直接お会いしてからお話ししたいので、その時はどうぞよろしくお願い致します。

追伸

桜の花弁が舞い散るのを見ると、私の涙のようで、悲しい季節です。

小鳥遊　伊織　より」

黒田さんが受付の引き出しの中から、伊織の手紙を大切そうに取り出し、もう一度読み返していた。そして、何かを思いついたのか席を立った。

やがて、カウンセリングルームのドアのノックの音がして、

「カモミールティーは、いかがですか?」と伊織の座っている目の前に置いた。

「カモ、カモミールって、カモのお肉のお茶ですか」

伊織はわけのわからないことを言いはじめた。

先生が、「ご明察」と、笑いをこらえながら答えた。

「もう、ボスったらいやーねえ」と言う黒田さんも笑っている。

「えっと、コトリさん、カモミールティーははじめてですか？」

と、ついコトリと呼んでしまった黒田さん。

「あ、そうそう、私はここで受付をしております、黒田安子（くろだやすこ）と申します」

と言い、ネームホルダーを見せた。

「このカモミールは庭で採れたハーブの一種です、手間暇かけた、私の自信作でもあるのです」

と、自己紹介を兼ねて説明をした。

「あっ、カモ、えっと、カモミールティーのこと私知らなくって」と、伊織は慌ててしまう。

「あっはっはっ、なかなかおもしろいなあ。なるほど、カモの肉だな、いやいや発想がおもしろすぎる！　なあ、あんこ君」

カモミールティーを飲みはじめた伊織が急に、「あっ、私、あんこ好きです」と、またとんちんかんなことを言いはじめた。

「あははー、コトリちゃんって本当おもしろいわー。そうかぁ、あんこ好きなんだー。私はね、漢字だと平安時代のあんこに、子供のこで、『安子』って書くんだけど、読み方は『あんこ』なんですよー」

と笑いながらネームホルダーを見せた。

「へぇー、あんこさんなんですね、かわいいお名前ですね」

「こらっ、あんこ君、コトリさんが信じてしまうだろ。やすこさんが正解なんだが、ついつい、あんこ君って呼んでしまうんだよ」

「そうなのですか」と伊織はクスッと笑ったかと思うと「それで私はコトリなんですね」と少し安心した気持ちになった。

「そうそう、ここのボス、あっ先生はニックネーム作りの天才かもね」

と、鷹山先生のほうを見てニヤリとしている安子。

「そうだな、伊織さんって名前もかわいいが、お前さんはコトリの呼び名のほうが似合うかな」

「かわいいだなんて母さんにしか言われたことがないし、なんかここあったかい」

と涙ぐむ伊織。

「そうか、あたたかいか。じゃあお前さんにぴったりじゃないか。しっかりここで、カウンセリングしような。とにかくお前さんは今まで頑張り過ぎたのだから、ボクとあんこ君で出来ることはお手伝いさせてもらいます」

「そうよ、コトリちゃん。せっかく何かの縁でここを探し出してくれたんだから、これからはなんでも相談しなさいねっ」

「あ、ありがとうございます、私は友達が……」

と言いかけた時、あんこさんが、「ストップ」と言った。

「友達は目の前にいる二人だよ、かなり心強い友達なんだから、もう友達がいませんなんて言わせないわよ」

「そうだな、友達感覚で話してもらえるとありがたいな、遠慮なく話して欲しいと思っているよ」

「はい、本当にありがとうございます、ここに来て良かったです」

「おいおい、カウンセリングはこれからだぞ、終わったみたいに言うんじゃないぞ、まあ入ってきた時とは別人のようになってきたがね、亡霊にとり憑かれたような顔をしていて、実のところどうしようか悩んだぞ、今はいい笑顔になってきたよ」

「そうそう、私もどうしてあげようか悩んじゃったわ」

と、あんこさんも続けて話した。

「本当にすみません、でも」

と言いかけたが、また自分の言葉で自分が暗くなってしまうんじゃないかとの思いで言葉を飲んだ。

「でも、なんだ、言いかけた言葉を飲み込んでしまうとだな、溺れてしまうぞ、まあその時はボクが助けるが、はっはっは」と大声で笑うボス。

「おっと今はカウンセリング中だったな、って言うか、これからカウンセリングをはじめるんだ、なんだか話が長くなってしまい申し訳ない、あんこ君は受付に戻って後はそちらをよろしく」

「はいボス」

と言い残し、あんこさんはドアを静かに開けて出ていった。

「さてと、どこからはじめようかな」

と先生が独り言を言っていると、伊織が突然、

「先生、私、うつ病です、まちがいない」と言いはじめた。

「まだ診察もしていないのに、お前さんは自分で自分の病気がわかるのかい、すごいんだなあ」

「だって、ネットとかで、うつ病と検索したら私と同じで合っているし、オペレーターの人も、心療内科を勧めるんだもん、絶対そうなんです」

「どこの誰かも知らない人が心の治療なんか出来るもんか、いいか、ネットの話だってみんな好き勝手書いてるんだ、特に心が傷ついてる人はそれを信じやすい、まったく便利なのか、迷惑なのか、困った時代だよ」

「へえー、そうなんですか、じゃあ先生は私の病名がわかるのですか？」

「ああ、わかるよ、お前さんは、うつ病だな」

「えーっ、うつ病って、それさっき私が言ったじゃないですか、ずるーい」

と、コロコロ笑い出した。

「そうだったか」とふざけてみせた。

「そうですよー、私がうつ病って言ったんです」

いつの間にか会話が途切れることがなくなっていた。

「そうか、お前さんがそこまで言うなら、うつ病ということにしておくが、だが、ここからが大切なんだ、お前さんの今日の言動、仕草等をトータルすれば、確かにうつ病に変わりないんだが、きちんと検査する必要もある。まずはこれからコトリがどうしたいかという話にもなるなあ。うつ病ってのは、治ったつもりでもまたぶり返すし、うつ病になりやすい性格ってのもあるから厄介なんだよ」

「はあ」さすがに専門家に言われてしまうと、グサッと胸に刺さって、伊織はショックを隠しきれない様子で大きく、ため息をついた。

「まあそう落ち込まなくても、そうだな、昔、うつ病という名前はなかった、似たような症状はあったかもしれないが、ただ、今は、医学が発達して、うつ病と呼ばれても、うつ状態と躁状態を繰り返す、双極性障害ってのもあってだ、ややこしく考えずに少しずつ治していこうな、それでまず問診票から書いてもらうんだが、ボクはあまり信用していない、アッハッハ、こんな紙っきれで本人の何がわかるのか理解しがたいが、まあ何もわからないよりはいいか」

「心療内科の先生がそんなこと言っていいんですか」

と目を丸くして伊織が尋ねた。

「いいんだよ、ボクにかかればうつ病のほうから逃げていくだろう」

と、なぜか自信満々の先生。

「そうだな、まず休養、お前さん夜は眠れているかって聴いたところで答えはいいえだろうな」

と、勝手に問診票に書いている。当たっているだけに、伊織は何も言えなくなった。

「次は環境か、うーん、そうだな、メシだメシ、メシは食えているのか、好きな食べ物はあるのか？　例えば魚はどうなんだ」

「はい、無理です。臭いでムカムカしたりするので」

「じゃあ肉はどうなんだ」

「もっと無理です。だって、かわいそうなんだもん」

「おいおい、お前さん何食べているんだい」

「はい、霞を」と言った途端に先生が大声で笑いはじめた。

「エヘヘッ、少し冗談を言ってみました」と、伊織が小さく肩をすくめた。

「おー、なかなか良いセンスしてるじゃないか、よしよし、その調子で自分らしく話してくれたまえ」

「はい、ありがとうございます、私って天然らしくって、学生時代はずっと変わった人って言われてましたから」

「おー、そうか、それは変わった人じゃなくて個性的って言うんだぞ、ボクは個性的な人間が

「大好きだ」

と、言う先生を見た伊織は、カウンセリングがこうも楽しいものだとは思っていなかったのでなんだか嬉しくなってきた。

「それで、これからどうしたいですか、コトリ君」

急に真面目な顔で聞いてきて、

「そうだな、どうしたいだけじゃわかりにくいだろうから、何をやりたいとか夢とか具体的に、何かないのか、ホラ若いんだから色々あるだろう？」と付け足した。

「はあ、急に言われても、短大だって別に行きたかったわけじゃないけど、みんながそうしているから、行っただけだし、だけどもう両親はいないし」

と、また泣きそうになってしまった。

「なあコトリ、厳しいことを言うようだし、カウンセラーが言うべきことではないんだが、命あるものたちはいつか死んでいく、死んでいったものたちはもとには戻らないんだぞ。お前さんは今、自分が世界中で一番かわいそうだとか思っていないか」

「だってそうなんだもん」

「バカヤロー、まったく、失格だらけのカウンセラーになってしまうが、今はお前さんの友人として話をしたい。いいか、世の中にはもっと辛くて苦しみながらでも生きている人がたくさんいる、まあ、そんなこんなでボクは心理カウンセラーになったのだが」

先生の話を聞いても、今の伊織の心には響くはずがなかった。

「まあ、ボクの話は置いておこう、どこに置こうか」

と一人でウケを狙っていたが、伊織は自分がどうしたいのかの件で悩んでいたようだ。

急に、伊織が「あー」と、大きな声を出してしまった。

「なっ、なんだ突然」

「わかりました先生、私、一人で生きてゆけるようになりたいです」

「そうか、それは良いことだ、何か特技、資格とかありますかって聞いても、それどころじゃあなかっただろうに」先生はしんみりしてしまった。

「先生、私、特技も資格もなんにもないんですよー」

先生に気をつかってか、元気そうに振る舞いながら答えた。

「そうか、なんにもないか。それもいいじゃないか、まだ若いんだから。今日から一緒に考えていこうな」

「はい、よろしくお願い致します」

「こちらこそ、なんだかお前さんと話していると懐かしい気持ちになるというか、はじめて会ったような気がしないというか。それが、お前さんの才能と言っておこう」

「それってほめ言葉ですよね」

「あたり前じゃないか、言葉をマイナスに考えるのはよくないぞ」

「つい、そういうクセがついてしまって」

「辛かったもんな、わかるよ」と、また真剣な顔になる。

「ところで、うつ病の話に戻るんだが、薬物治療というのもあるんだが」

と言うと、『うつ病と戦う』という本を伊織に手渡した。著者は、鷹山了介となっていたがスルーされてしまう。いきなり伊織がとても興味深く読みはじめた為、部屋の中が静かになり、椋鳥（むくどり）のさえずる声だけが聞こえてきた。

「あ、あるある」と一人でブツブツ言っている声が時折聞こえてきた。

「何があるんだい」と先生が聞いても、一人の世界に入っているようで返事がない。

「先生、薬飲んだら治りますか」と突然聞いてきた。

「薬を飲んで、はい治りました、では心療内科必要ないよな、はっはっは。薬も人によって相性みたいなものがあったり、副作用もあったりしてね。飲みはじめの頃に辛いと感じて止める人も多いんだ。そういう時こそ相談してもらえるとありがたいのに。それで薬の種類を変えながら、ゆっくりと治療していけばいいと思っている」

「はあ、ゆっくりですか」

「そうだよ。焦っていても仕方ないし、言いかたが悪いかもしれないが、うつ病というのは厄介極まりないものなんだ」

「そうそう、風邪と同じで、誰でもなるとかって書いてありましたよ」

「まあ人それぞれの性格や環境など性格にもよるんだがね、お前さんの場合は心が傷つき過ぎてしまったからな。もう一度聴くが生活環境はどうだ？」と、また質問に戻った。

「はい、実家は手放して今はコーポに住んでますが、下の階の人の声や音が聞こえてくるんです。夫婦喧嘩ばかりしているみたいで。私の両親は、とっても仲良しだったのになあ。どうして喧嘩ばかりするのか悲しくなります」

「そうか、それは辛いな。そうそうこの心療内科の横に家があるんだが、そこに越して来ないか？　今は空き家になっているんだ」

「えっ、先生のお家じゃないの」

「ボクはここの二階に住んでいるよ。いつ患者さんが来られてもいいような生活スタイルにしたんだ。おーっ、そうだ。ついでと言ったら怒られるかもしれないが、お前さん、心理カウンセラーって言葉わかるか」

「えっ？　質問が多過ぎて頭の中がゴチャゴチャしてます、前のほうから一つずつ話をしてください」

「了解しました。まず環境が悪すぎる、だからここの横にある空き家に越して来いと言ったんだが、わかるか？　コトリ、返事は？」

「はい」とつられて答えてしまった。

「よしよし、その調子でな、次は、心理カウンセラーって言葉を知っていますかと聞いたんだ」

「はい、言葉だけは。でも私頭悪いから、無縁の世界だと思っています」

「こら、自分のことを頭悪いと言ったらダメじゃないか」

「だってー成積悪かったんだもん、です」

「成積なんか紙っきれだ。一夜漬けで覚えた者が勝つってとこかな、ワッハッハ」

「紙っきれにしても、あっそうだ。私音楽と美術はいっつも百点でした」

と得意気に語っている。

「それはすごいじゃないか。音楽というものは大人になっても身近にあるし、人を喜ばせ、元気づけたりできるんだ。実際心理学にも音楽療法士っていう資格もあるし、いつか歌ってくれたまえ」

「いやいや、たまえって言われても」

と言いながら伊織は内心嬉しかった。

「話がそれたが、心理カウンセラーの件だが、どうかね、考えてみないか。幸いという言い方は失礼になるかもしれないが、隣が心療内科だぞ。通う手間もはぶけるし、カウンセラーの勉強を兼ねて、ここでアルバイトというか見習いってのはどうだ。我ながらナイスな考えだと思うのだが」

かなり自信満々で語った。

「あのー、引っ越しの件ですが、まだ決まったわけじゃないし、保証人とか色々と、必要なんじゃないですか」と、不安気に聞いている。

「ここの敷地内だから誰もなんにも言ってこないぞ」

「えっ、そうなんですね、あっ、家賃はいかほどですか」

「おっと、そうだったな、考えてなかったなあ、条件付きにしようかな。お前さんが心理学の勉強して、ここでアルバイトをしてくれればそれで良い」

「それでもどうして私なんですか」

「どうしてだろうな、そんなことより引っ越してくるかどうかを考えろ、それと心理カウンセラーは、お前さんになら向いてると思う。ボクの第九感はよく当たるんだぞ」

またあえて間違えて言ってみた。

「あはは、先生、第九じゃなくて第六感ですよー」

「やっと声に出して笑えたな、わざと間違えたんだよ、ホラ、第九ってのがあるだろう、音楽が好きなお前さんなら食いついてくるかなと思ってね。恥ずかしくなったじゃないか、だが、笑えられただろ、ここに来ると笑えるんだ」

「先生、心理カウンセラーの資格って難しいんですか」

「お前さんまだ勉強もしてないのに、難しいですかなんて聞いてくるな、とにかく勉強してみろ、それからだな」

「ひぇーっ！　勉強ですか」

伊織は、先生の会話術にでも引きこまれたように普通に会話を楽しんでいるように見えた。

「ひぇーってどっから声出してんだ、勉強しなくちゃ資格は取得できないぞ、ひょっとしてコトリさん、勉強嫌いか、いいえ、大好きですなんて言う人に一度くらい会ってみたいなあ」

「いいえ、大嫌いです」

「コトリさん、それ、答えかたおかしくないか、本当は大好きなんだろ、顔に書いてあるぞ」

「えっ、顔にですか、おかしいなあ、嫌いなんだけどなあ」ブツブツ言いながら慌てて小鳥模様の手ぬぐいをバッグから出して、顔を拭く伊織。

「あはは、正直なんだなあ、んー、正直って言うよりも素直なんだな、今時珍しいぞ」

「先生、それほめ言葉ですよね、マイナスにとらえちゃいけないんですよね」

伊織の顔が輝いた。

「そうか、お前さんはほめられると伸びるタイプなんだな」

「先生、そういうタイプ別というのもあるんですか、それも心理学ですか」

「特にそうでもないが、心理学というのは奥が深いぞ、まあ、お前さんはこれから色々と勉強していくわけだ、わかったかな、コトリ君」

「先生、コトリ、コトリって、私はイオリなんですけど」

「まあ、コトリのほうがお前さんにふさわしいかな、なんてね」

「はい、じゃあ私コトリでいいです、これから羽ばたいていくイメージですね、うん、そして将来は、コトリ先生なんて呼ばれたりして」

はっ……。自分の夢になりそうな気がしてぺらぺらと喋ってしまい、我に返った。

「おや、コトリ君の話はもう終わりですか、ボクはもっと聞かせてほしいぞ」

「先生」と、突然、伊織が真剣な顔つきになった。

「はい、なんでしょう」

「うつ病の治療はどうすればいいのでしょうか」

「おっと忘れてたよ、ごめんごめん」

「もー、先生、真面目にしてくださいよー」

「コトリ君に叱られる日が来るとは、あはは、えーっと最初に戻るが、薬物治療の方向でやってみるか、それで薬が合わなかったら勝手に飲むのを止（や）めず」と言いかけたところで、

「先生に相談すればいいんですよね。それで副作用ってどうにかなるのですか、止める人が多いって言うから」

「あははは、どうなると思いますか、コトリ先生」

「はい、えーっと髪がごっそり抜けるとか、お岩さんみたいに顔が腫れるとか」と恐る恐る答えてみた。

「あははは、まったく、よく笑わせてくれますね、ものすごーくブッ飛ぶんだな、コトリだけ

のことはある。しかし、がっかりさせるようだがそういう副作用はありません」

「髪抜けないんだ、よかったー」

「いやいや、逆に髪が抜けない人のほうが怖いかもな。また話がそれたが、うつ病の治療薬は、少ない量からスタートしていくんだ。ただ、気持ちが悪くなったり、眠くなったり、頭痛がしたりと、副作用は人それぞれ違うんだ。幸いコトリはここにいるので様子がわかりやすいだろう」

「私がここで働くの、いつ決めたのかしら」

「心理カウンセラーになるんだろ？　確かに引っ越してくる話をしていた時に元気良く、はいって言ってたぞ」

　ニヤニヤしている。

「そうなんだ、私はここで勉強しながら働くんだ」

　居場所と目的が決まった伊織はかなり嬉しくなり、現実に起こった奇跡に感謝したのだった。開かれた窓から風に吹かれて、一枚の桜の花弁が舞ってきた。それを急いで拾ったかと思うと、大切そうにノートに挟んだ。

# 小鳥遊　伊織（心理検査）

「あれ、まだ桜が咲いてるわ、確かここにはじめて来た時は、花の雪だったのに」

と、引っ越しを終えた伊織が眩しそうに花を見上げてつぶやいていた。

手伝いに来てくれていたあんこさんが、

「コトリちゃん、これは杏の花なんだよ、確かに似てるけどね、実がなるのが楽しみだわ」

と、笑って言った。

「そうなんですか、私は花の名前を、ほとんど知らなくて」

「そうそう、カモ、カモミールよ、あの時は、笑いをこらえながらも笑ってしまったけど、一人になったら我慢できなくって大爆笑しちゃったわ、あはは」

また笑いはじめてしまった。

「もー、やめてくださいよー、今更掘りおこさないでくださいよー」

と伊織も笑って言った。

つい昨日のことかと思わせるような懐かしい風が頬を掠めた。

「コトリちゃーん、そろそろカウンセリングの時間でしょ、ほら急がなきゃ、私もすぐ後から行くからね」

「はーい、ありがとうございます、行ってきまーす、あん、あっ、安子さん」と言い直した。

「もーっ、水くさいわね、あんこでいいわよ、好きなんでしょ、あんこ」と笑った。

「はい、あんこもあんこさんも大好きです」と元気に答えた。

「よしよし、本当に良い子だよね、コトリちゃんは、今夜の食事も腕をふるうからね、行ってらっしゃーい」

安子さんは受付と食事係、偏食が激しい伊織と肉食の先生、そして自分用、三者三様の食材を見事に料理していた。夕食は伊織の台所で三人揃って食べることが多くなった。

伊織は杏の木の下をくぐり抜け、雪柳(ゆきやなぎ)の中を一気に駆け抜けた。

「おはようございますって言う時間でもないし、こんにちはって言うのがいいのかなぁ」

ワクワクした気持ちを抑えながら挨拶を考え、入り口のドアを開けた。

「おう、待ってたぞコトリ、おいおい転んだのか？　服が真っ白じゃないか、まさにヒヨッコだな、は、はじ、はじめましてなんて言いそうな顔してるぞ」

「もー、やめてくださいよ、は、はじめまして、とか言いませんよー」

口を尖らせた。

「ははははっ、変な顔だ。鏡見るか」

「それはいいです、本日もどうぞよろしくお願い致します」

「チェッ、変な顔見せたかったのに」と、笑いながら言った。そして、

「じゃあ、その服を一度外で叩(はた)いてから一番目の部屋に入ってお待ちください」

と急に先生の顔つきになり答えた。

「はい」

と、伊織は言われる通りにした。確かに雪柳が昨日の雨のせいで散りやすくなっていたのだろう、服に花びらがたくさんついていた。先生に言われるとおり、外に出て叩いてから、一番目の部屋に入った。

「待たせたな、さあ今日はテストだ」

「えーっ、テストって、カウンセリングじゃないんですか。何のテストですか、私、勉強はじめたばっかりだし、ってゆーか、いきなりテストって言われても」

「お前さんよく喋るようになったな、良いことだぞ、そうやって自分の気持ちを相手に伝えるのはとても大切だ」

「先生ごまかさないでくださいよー、私、テストって聞いただけでゾゾーッってするんです」

「ほーっ、ゾゾーッってするのか。お前さんテストのたびにゾゾーッってしてたのか、それは辛かったな」

「はい、って、もうふざけないでくださいよー。テストってどんなのですか」

「おっ、テストする気になってきたか、すごいぞコトリ。まあテストって言っても学校でするのと違って、心理検査って言い方のほうがピッタシくるかもな、これなら出来るだろう」

「やってみないとわかりませんが出来ます」

「いいぞ、やってみないとわからないから、出来ます、かぁ。コトリも成長してきたな。先生は嬉しいぞ」

「はい、ありがとうございます、で、第一問とかあるんでしょ」

「あはは、そんなのじゃないさ、今準備するから」

と言いながら何枚かの紙やカードを用意してきた。そして図形がたくさん描いてある用紙を伊織の目の前に置き、エンピツを渡した。

「ここに色々な図形が描いてあり、この図形と同じものだけ探してマルをつけていくんだ。制限時間があるが、時間は気にするな」

「えーっ、どっちよー」と言いながら頭を抱える。

「つべこべ言ってないではじめるぞ、スタート」

先生の声にカウンセリングルームが静かになるが、

「はい、ストップ」

「えーっ、まだ二ページしか出来てなーい」

「ほーっ、二ページも出来たのか、すげーぞ」

「先生、それほめてるんですよね」

「あたりまえだ、じゃあ次いくぞ」

「もう次ですか」

「そうだ、こういうテストはとっとと終わらせたいだろ」と、伊織にウインクした。

「はい、次お願いします」伊織もやる気になってきた。

「なんかスポ根みたいでいいなぁ、あはは、次は四枚の絵が描かれたカードを出すので、並べ替えながら自分なりのストーリーを話してください」

と言いながら机に出した瞬間、伊織が、

「いやだー」

と泣きそうな声で、カードを床に叩きつけた。そのカードの一枚には車の絵が描いてあったのだ。

「誠に申し訳なかった、ごめんなコトリ。そうだったな、お前さんこれ嫌いだったな。ボクが悪かったなごめんよ」

と謝り、床に飛ばされたカードを拾い集め、隠した。伊織はうなずくのが精一杯だった。

「カードはおしまい。違うのにしような。お前さん、動物は好きだよな。やたらにぬいぐるみ持ってるみたいだし」

「はい、動物大好き」

「じゃあ、パズルしようか、まずはこれだ、わかるかな、わかったら組み合わせてみようか」と、急に子供に話しかけるような口調で数枚のパズルを机の上に出した。

「あ、キリンだ、でもバラバラになっている」

「おー、キリンってわかったんだな、じゃあこれをきちんとしたキリンにしてあげようね」

「はーい」と、元気を取り戻したものの、かなり悩みはじめてしまった。

「キリンってどんなのだったかなあ」と先生のほうをチラチラ見るが、やがて時間が来てしまう。

「はい、ストップ、おや、首が逆さになっているぞ」

「えへへ、途中からわからなくなって、動物を思い出してたら、サイやゾウが出てきて」と、笑ってごまかした。

「そーか、じゃあ次な」

「えーっ、もう次ですか、はい、頑張ります」

「おいおい、自分で頑張るって言うな。お前さんは充分すぎるぐらい、一生懸命やってきたんだ、もうそれが頑張っているってことだ。ボクは個人的には自分で頑張るって言う奴は嫌いだな。今まで何やってきたんだって思ってしまうんだ。あはは、カウンセラーが言う言葉じゃないがね。それより疲れてないか」

「はい、ありがとうございます、大丈夫でーす」と元気良く答えた。

「元気があってよろしい。さて、次は数字だ。今からボクが数を一つ言うので、それに続いてコトリが同じ数を言えばいいんだ。そしてそれが出来たら次は二つの数を言う、それで数を増やしていくだけだ」

「ちょっと待ってください、数字は苦手で」と、手でバツを作っていた。

「やってみなくちゃわからないだろ、いいからはじめるぞ、三」

伊織は小さな声で「三」と言った。

「言えたな、じゃあ次はボクが言った数を反対から言ってみてください、七、五」

「五、七」

「おー、すごいぞ、六、一、八」

「八、一、六」

「次は四つだ、九、二、一、十」

「えーっと、あはははは」と急に一人で笑い出した。

「何がおかしいんだ」

「だってー先生の言い方がー。あはは、笑えてしまって全く頭に入らない。あはははは、ギブです、三つまでは笑いをこらえられましたが、とにかくおかしくって」

涙を流しながら笑っている。

「あはは、ボクもつられてしまうよ、まったく検査中に笑い出したのはお前さんがはじめてだよ、次に他の患者さんでこの検査をする時に、ボクが笑いそうだよ、あはは」

　笑いが止まらなくなった二人。

「そうそう、私、時計が読めたのも、高校生になったくらいからかなぁ、腕時計してても形だけみたいだったし、算数、数学のテストは、いつも0点、授業中はサハラ砂漠の中に一人だけいるようで、行ったことはないけど、言葉も全て異国語に聞こえていて嫌でした」

「そうか、それは辛かったな。多分、算数障害だろうな、今の時代は病名にも色々名前がついているが、花粉症だって昔はこんな立派な名前なかったんだぞ」

「そうなんですか、私は算数障害なんですね。わかるような気がします。なんだかスッキリしました。計算とか出来ないし、どうしてかなってずっと不安だったたし、電卓あっても打ち間違えてたし」

「そーか、大変だったなあ。そのわりに笑っているじゃないか」

「だーって算数嫌いなんだもん」

「そうなんだな。それじゃ、最後のテストだ。これはお前さんが大好きな絵を描くんだ」と、嬉しそうに話す。

「わーい、絵ですか、でもエンピツしかないし、上手く描けるかなぁ」

「バウムテストって言って、上手い下手は全く関係ないんだ、がっかりさせたかな」

「はい、少々。で、バウムテストって」と伊織は、不思議そうに聞いた。

「それをこれから説明するところだったんだ」と言いながら、白い紙を机の上に置いた。

「ボクがこの紙に縁取りを描くので、その中に実のなる木を描いてください。木や実はもちろんだが、それ以外にも描きたいものがあれば自由に描いていいぞ。制限時間はないので、いつまでも付き合ってやる」

「先生、見てるの?」と、伊織が、少し驚いたように聞く。

「そうだよ、見ていないと色々とわからないからな、じゃあこれから線を描くので」

「あっはは―、先生、線がぐにゃぐにゃしててミミズみたいだよ。あはは」

「それは失礼しましたねっ。直線をフリーハンドで描くのは苦手でね」

「先生にも苦手なものがあるんだ、あはは」

「笑いながら言うなよ、ボクだって人間なんだから、苦手なものもございます。っと、よし描けたぞ。じゃあはじめようか。この線で囲まれた中にお前さんが実のなる木を描くんだ。コンテストに出すわけじゃないからな」

「はい、わかりました」

と、ニコニコしているが、なかなかエンピツが動かない。

「うーん、実がなる木、実、バナナじゃおかしいかな、リンゴだと平凡すぎるわね」

と、先生のほうをチラチラ見ながら、ブツブツ言っている。

やがて、エンピツの線が力強く一本の大きな木を描きはじめた。伊織は久し振りに絵を描くのが楽しいのか色々なものを描きはじめる。

カウンセリングルームにはエンピツの走る音しか聞こえなくなった、時折、目白（メジロ）の鳴き声はするが、伊織はひたすら描いている。

「あと、蓑虫（ミノムシ）ね、絶対これは描きたかったんだ。虫は怖いけど、うふふ。できたー、出来ました、先生」

と伊織は、誇らしげな顔立ちになっていた。

「そうか、これでいいか、他に描きたいものはないか」と、念を押して聞いた。

「はい、これでいいです」と、にこやかな顔で笑った。

窓硝子から夕陽が射して、伊織の背を紅く染めていた。

「長い時間お疲れさまでした、本日は以上です」

「先生、結果は」と伊織が尋ねた。

「それはまた後日な、楽しみは先のほうがいいだろ」

「でも……、先生いなくならないよね」

と、伊織は急にあの日の出来事が、フラッシュバックのように蘇ってしまった。

「ばか言うな、ボクがお前さんを残してどこかに行くと思ってるのか。いなくならないから、大丈夫だから、心配しなさんな」

「約束ね」といきなり小指を出した。

「指きりだな、了解、約束だぞ」先生の顔が見る見る赤くなった。
夕日の紅ということにしておこう。

# 小鳥遊　伊織（フィードバック）

白花沈丁花の香り立つ中庭を、いつものように勢いよく駆け抜ける伊織。

「おはようございまーす。先生、結果、結果」

息を弾ませながら子供のように先生の腕を捕まえた。

「おはよう、いつになく張り切っておられますなあ、まあ落ちつきたまえ」

「コトリちゃん、カモはいかが」案外しつっこく言うあんこさん。

「まだ言ってるし、あ、カモいただきます、カモ。あはは」

「先生はどうされますか」気配り上手な安子さんは先生にも尋ねる。

「じゃあ、いただこうかも、あっはっは。飲みながら結果発表といきますか、コトリ君」

「はい、よろしくお願い致します」と、すっかり慣れた様子で一番目の部屋に入っていった。

「先生、昨日はごちそうさまでした」と、安子さんがあらたまってお礼を言った。

「なーに、こちらこそ付き合わせてしまって、ありがとな。シラフで礼を言われるとテレるなあ、あっはっは」

「またコレ行きましょうね」と安子さんがお酒を飲む仕草をした。

「おう、そうだな、コレに尽きるよな、次はコトリも連れて行くか」と、先生もお酒を飲む仕草をして笑った。


「センパイいらっしゃい、安子さんも、お久し振りでーす」

「コンタ、元気でやっているか」

「はい、センパイありがとうございます、お二人共お元気そうっすね」

「元気だよ。それでな、今夜はちょっと込み入った話があるから、奥の部屋使わせてもらえるか」

「了解っす。急いで準備します」

　ここは鷹山先生の大学時代の後輩が営業している、居酒屋コンタ。

名前は孤崎亘（こざきわたる）。学生時代からのニックネームがコンタだったので、そのまま店名にした。

「ボクはいつもので、安子君は」

「はい、当然私もいつものでお願いします」

「了解っす。で、料理はどうしましょうか」

「そうだな、料理は鬼の居ぬ間にかな」と安子さんを見て笑う。

「あはは、コトリちゃん、いつの間にか鬼にされちゃったのね。けど鬼がいても注文するでしよ、お肉とお魚を」

「え、鬼の居ぬ間って名前のメニュー、ここにはないっすが、コトリがどうかなるんすか」

と、不思議そうなコンタに、

「あはは、紛らわしいなあ、スマン、いつものを作ってくれるか」

「はい、了解っす。とりあえずお酒をどうぞ」

「それにしても、先生、今回は思い切ったことをされましたね、乾杯」

安子さんから話を切り出した。

「コトリのことか、はい乾杯」

「そうですよ、前のカウンセラーの先生が退職された矢先でしょ。まあ、横の家も空いてたにせよ、資格を持ってないコトリちゃんを勧誘するなんて」

「しーっ、勧誘だなんて大げさだなあ、ほっとけなかったんだ」

「えっ、コトリちゃんを」

「そうだ」と言うと少し言葉を整理するかのように話を進めはじめた。

「ボクの妹に似てるんだよ」

「へえー、先生、妹さんがいらっしゃるのですか」

「まあ正確には、いたかな、ボクは大学の時、実家を出て一人暮らしをしててな、バイトと部活で忙しくて、なかなか実家に帰ってなかったんだ。急に妹が死んだという連絡を受けて、久し振りに実家に帰ったんだ。情けない奴だろ。親から話を聞いたら突然の自殺だったそうだ。前日まで元気にしていたみたいだったらしいが、遺書らしい物もなくて。ボクがもう少し頻繁に実家に帰ってれば妹の変化に気付いてあげられてたのかもしれないが、なんだか責任を感じて、妹にも親にも悪いことしたなって、ずっと引きずってるわけさ。ただ、コトリは死のうと思えば、ボクの妹みたいにとっくに死んでいただろうが、あいつは生きようとしている。バタバタだがな、そこが妹とは違うんだ。妹も生きてたらコトリくらいかなーなんてつい思ってしまうのさ」

「そうだったんですか。お話を聞かせてくださってありがとうございます、って言えばいいのかしら」

「安子君、カウンセラーみたいだなぁ、あはは」

「でしょう? この仕事長いと、そういうのが自然と身につくのかしら、オホホホ」

「へい、お待ち。鶏の唐揚げに、刺身の盛り合わせっす。なんか楽しそうっすね」

「そうだ、楽しいんだよな。安子君今を楽しまないと、人間というのはいつどうなるかわからんぞ」

「はい、そうですよね。コンタさん、今夜もナイスなチョイスですねえ。コトリちゃんがいないから良かったけど、お刺身の盛り合わせに魚の頭が付いてるじゃない、きっとギャーギャー騒ぎ出すわね。目に浮かぶようだわ、あはは」

「安子君のおっしゃる通りで、あっはっは」

「えーっ、なんなんすか？　コトリがギャーギャーって」

コンタさんの頭が混乱している。

「次回連れてくるからな、我が桜並木心療内科のツワモノを、あっはっは」

「はぁ、コトリがツワモノなんすね、ってタカとかコンドルのヒナとかじゃないっすよね」こう見えてコンタさんは鳥が怖いのだった。

「やーねえ、コンタさん、コンドルだってー、あはは」

「そんなの目じゃないぞ、まあコンタも飲め」

のんべえはつい人を誘ってしまう。安子さんはそれ以上先生の妹について触れることをしなかった。

「コンタさんも飲みましょうよ」とだけ言った。

「いいっすねえ、じゃっ店閉めてきます」

「おいおい、いいのか」

「センパイは気にしないでください。オレの店なんで、ヒヒヒ」

ここにものんべえがいた。

店内の沈丁花たちがクスクス笑っていた。

「ねぇー先生、まだー、早く教えてくださいよー」

とカウンセリングルームから伊織が叫んでいた。

「酔っぱらいが約一名いるので、後よろしく」

と先生が言うので、安子さんは、

「はい、急いでカモ届けますから、フフフ」

と、一人で思い出し笑いをしていた。

「コトリ君、ずいぶん待たせたかな、楽しみにしてたんだろうな」ニヤリと笑う先生。

「それより、昨夜くしゃみばかり出て、風邪引いたみたいなんですが」

「そ、それはあれだ、花粉症かもしれないな」

昨夜は三人でコトリをつまみに飲んでいたとか口が裂けても言えず、つい花粉症のせいにしてしまった。嘘も方便ということで。

「花粉症なんてなったことないけど、気合いで治します。それより結果、昨夜は楽しみでなかなか眠れませんでした」

「そうか、ご期待に沿えるかどうかわからないが。おっと、その前に薬はきちんと飲んでいるか」

「はい」

「副作用とかないか、お岩さんみたいな、あはは」

「もー見ての通り、副作用もお陰様でありません、ジラさないで早く教えてくださいよー」

「まあ、慌てるな、では結果発表です」

「はい、お待たせ、カモ二丁かも……」

あまりのタイミングの良さに三人で笑い出す。

「カモは机に置いておきますね」

と言うと、安子さんは静かに部屋を出た。

「はい、ありがとうございます」

先生と伊織の声が二重奏のように聞こえた。

「先生、続き、ジャジャジャーンとか言ったほうがいいですか」

「それはさすがに言わなくていいが」

と言ったとたんに先生の表情が暗くなる。何か問題でもあったのかと伊織は心配になってきた。

「先生、なんだか言いにくい病名なんですか」と、伊織は尋ねた。

「そうなんだ、とても複雑でね。実のところ、ボクにもこの病名がつけられないんだ、まあ今は、うつ病だが心の病気だろ、テストをしてもトラウマも出るし。ただお前さんは生きようとしているのは確かだ。いちいち病名つけて動揺させるっていうやり方は気に入らないが、どうしても病名が知りたいのなら、ヒヨッコ淋しい病かな。あっはっは、大丈夫だ、ここにいればじきに治るさ。とにかく、お前さんはまだヒヨッコだからな」

　あれ、またどこかで聞いたことがある言葉だった。

「いーですよ、今はヒヨッコでも、いつかコンドルのような大きな鳥になって、先生の頭をガシガシしちゃいますから」

「コンドルねえ、昨夜も話題になったよな」

「なんですか？」

「いや独り言だ、そうそう心理学の勉強ははかどってますか、ヒヨッコちゃん」

「もー、先生ったらー、はい、先生のお陰で、実践もさせていただいてますから、ずいぶん理解出来てきました。それで来週くらいに心理カウンセラーの試験を受けようと思っています」

「おー、そこまで成長していたのか、ヒヨッコなんて言えなくなるなあ」

「先生、まだ合格したわけじゃないよ、でも」

「でもってなんだ」

「私、臨床心理士のほうは無理です」

　と段々声が小さくなってしまう。

「わかってるさ、お前さんが無理なことくらい、だけど、ほら、長い目で見れば臨床心理士をとっておいたほうがキャリアとしてはいいと思うぞ」

　と言葉を遮(さえぎ)られた。

「嫌です、私、ここがいい、資格なんていらないから、ここに置いてください」

先生は伊織がはじめてここを訪ねてきた時を思い出していた。

「一人ぼっちはいやだー、だったもんな。だから約束したよな、指切り、お前さんは何がなんでも心理カウンセラーの資格を取ってボクをフォローしてくれると助かるんだ、それでいいじゃないか、出ていけなんて言ってないぞ、それと心理学には、まだまだたくさんの種類がある。お前さんだと、音楽療法士とかもいいんじゃないか」

「良かった、ありがとうございます、が」うっかり頑張りますと言いそうになり、一瞬だけ言葉を止め、急いで、

「がっつだ」と言い直した。

「そうだな、言葉ってのは、本当おもしろいよな、がっつかぁ、あっはっは。上手く切り抜けたな」

「えへへ」

二人の笑い声が、いつまでも続いていた。それにつられるように、庭の鶯がケキョッケキョっと呆れているかのように鳴いていた。

## 熊田(くまだ)　礼子(れいこ)（不眠症と、いじめ）

「せっせっ先生、あんこちゃーん」と急ぎつつも、スズランたちを踏まないように上手く飛び越えて、入口のドアを開けた。

「コトリちゃん、おはよう、今はね、先生はカウンセリング中だから静かにね。で、どうしたの」と、小言で安子さんが聞いた。

「あわわっ、あんこちゃんすみません、実は、資格が取れたのです、心理カウンセラー」と、頬を染めて誇らしげに伝えた。

「うわー、おめでとう」

安子さんは嬉しさのあまり声が大きくなってしまった。やがて内線が鳴る。

「今、カウンセリング中だ」と先生の声が聞こえてきた。

「うわー、おこられちゃった」と、また小さな声になった。

「そうだね」続いて安子さんが言うと、二人でヒソヒソと喜びを分かち合った。

やがてカウンセリングルームから一人の男性が出てきた。伊織はとっさに隠れた。先生のお大事に、という声が聞こえ足音が伊織のほうへ、近づいてきた。

「ほい、一人見つけたぞ、かくれんぼでもしているのかい」

てっきり先生に叱られると思っていた伊織だった。

「騒いでしまい、すみませんでした」と恐る恐る謝った。

「ボス、すみませんでした。コトリちゃんが受かったって喜ぶので」

安子さんはフォローのつもりだったみたいだが、

「安子君、人のせいにしちゃダメだぞ」と逆に叱られてしまった。

「あんこちゃんは一緒に喜んでくれただけ。私が先に騒いでしまったのが悪いんだから、叱られるのは私のほうです」

と、言いながら安子さんの前に立ちはだかった。

「お二人さん、本当仲良しなんだな。それに免じて叱るのは止めよう。で、受かったって？」

「えへへ、そうなんですよ、ボ、ボボス」

ボスと言い慣れていないようだった。

「合格って、あれだな、心理カウンセラーだよな。凄いぞ、おめでとう。ほらな、ボクの言った通りだっただろ。やってみなくちゃわからないんだよ。そーかぁ、よくやったなコトリ」

ボスが一人で盛り上がってしまった。

「今夜はお祝いだわね」安子さんは何かにつけ、お料理と結びつけたがる。

「さーて、ボクからは、とっておきのプレゼントを用意してたんだ。ちょっとこっちへ来てくれないか」と言うと、三番目のドアを開けた。

今まで誰も使っていなかったかのように、ピカピカな部屋、そして窓から射し込む温かな光に、伊織は言葉を失った。ふっと机に目を向けると、「心理カウンセラー　小鳥遊　伊織」と書かれた、卓上ネームプレートが飼い主でも見つけたかのように幸せそうに輝いていた。

「気に入っていただけましたか、コトリ先生」

伊織は嬉し過ぎて涙が出そうになったが、笑顔を作り、

「はい」と答えた。

「喜んでいただけたところで二、三、いやもっとあるかな、注意点だ、まずここはカウンセリングルームだ。わかるよな。お前さんの部屋ではない。わかるよな」

伊織にわかりやすく説明をし、伊織もその度にうなずいている。

「一つ目だが、ぬいぐるみは禁止」

その声に伊織が、

「えー、一つくらい、いいでしょ」と悲しそうな目をして答えた。

「そんな目をしてもダメだ、ここはあくまでもクライアントさんが主体となる場所だ。ぬいぐるみが嫌いな人だっているかもしれないだろ」

「ぬいぐるみが嫌いな人なんて、聞いたことありませーん」

と、ひたすら悲しそうな目をして反論している。

「そうか、じゃあお前さんがどこかの心療内科に行ったとして、お前さんの嫌いな剥製が置いてあったらどうする」

「そんなの帰るに決まってますよ」かなり嫌そうな顔で答えた。

「そうだろ、まあ剥製を置くような悪趣味な心療内科なんてないだろうが。極端な例え話になったが、シンプルなのが一番良いってことかな」

「はい、わかりました。では観葉植物はどうでしょうか、癒やされると思いますが」

「稀だが物に八つあたりする人もいるんだ、植木鉢が陶器だとどうなると思うかな、割れて凶器に変わるんだぞ、お前さんの家には植物がたくさんあるだろ、帰ってから眺めればいいじゃないか、まさかとは思うが、カレンダーくらいは、動物のついたのをとか思っていないか」

ボスにはコトリの考えが手に取るようにわかっているみたいだった。

「安子君に全て揃えてもらうから、お前さんは」

と言いながら伊織をチラチラ見ていたが、すでに半ベソになっていた。

「もー、わかったわかった、小さなぬいぐるみを一つ二つ置いて良し、これで宜しいでしょうかコトリ先生、まったくお前さんは得だよな、あっ、なんでもない」とつい言葉に出してしまった。

「うわーい、どのぬいぐるみにしようかなぁ、そうだ、日替わりがいいかな、うふふ」

「コトリ先生のご機嫌が直ったところで、明日からカウンセラーとして正式に働いてもらうがどうだ、出来るか」

「はい、やってみなくちゃですが、私一人でですよね」

「そうだ、どうしてもわからない時はボクに相談してくれ、一人で無理して解決しようとしてもクライアントさんが困るだけだからな」

「はい、了解しました、ボス」

「よしよし、それと、明日までに安子君に首から掛けるやつ」

「ネームホルダーですね」

「そうだ、ネームホルダーを正式に作ってもらうので、それと服はいつもの感じでいいからな、フリフリのとか着なくていいから。あっはっは、いやー、それにしてもめでたいなあ」

「はい、ありがとうございます、それで明日のクライアントさんのご相談内容はどういったものですか」

と、不安気に尋ねてみた。

「不眠症と、いじめだ。不眠症の場合に薬が必要ならボクに声をかけてくれ。心理カウンセラーは薬が出せないからな」

「はい、今夜は予習をしっかりしておきます、その前にお祝い会があったのですね、先生。私、ケーキは要らないから、買いに行かないでくださいね」

伊織はまた、あの日のことを思い出してしまった。

「コトリ、ボクと安子さんはコレだから」相変わらず飲むマネをして笑ってみせた。

「ボス、あんまり飲まないでくださいよ」

コトリの声もどこ吹く風か、やはり、のんべえ二人組を止めることは出来ず、伊織は一人自分の部屋へ戻った。

卯の花の月が、のんべえたちと一緒に、いつまでも頬を紅く染めていた。


ブルーベリーの実を口にほおばりながら、おはようございます、と、いつものように伊織は元気良くドアを開けた。

「コトリちゃん、おはよう、はい、ネームホルダーよ」

と言って、安子さんが首に掛けてくれた。伊織にはそれがどんなメダルよりも誇り高く嬉しく思えた。

「あんこちゃん、ありがとうございます」と言いながら、それを大切そうに見つめていた。

「わーっ、小鳥さんの絵が小さく描いてある、だけどボスに叱られないかなぁ」と不安気に安子さんに聞いた。

「大丈夫よ、ボスには了解済みだから」と指先で丸を作った。

「今日から心理カウンセラーだね、コトリちゃんの努力が実を結んだわけだ」

「はい皆様のお陰だと感謝しています」

「いっつも大げさなんだからー」と安子さんが笑う。

「そうですか、へへへ」

「おはようお二人さん、さて今日からコトリ君は一人立ちかな、ネームホルダーを掛けると一段と先生らしくなったな」

「はい、お陰様で、ありがとうございます」

「本日も桜並木心療内科のはじまりだな、みんなよろしく頼みます」

朝礼とまではいかないが、ボスの挨拶が終わったかと思うと、入り口からチャイムの音が聞こえてきた。安子さんがいつものように、

「はい、どうぞお入りください」と気取った声を出して言った。

「ほら、コトリー、ボケーっとしてないでお前さんは今日から三番目の部屋だろ、早く行って準備しなさい」

「えーっと、何からすればいいのか、頭の中がぐちゃぐちゃになってしまいました」

かなり不安な様子になっている。

「いつもボクが初回のクライアントさんに言ってたことを思い出せ、お前さんなら出来るよな」

ボスの一声と言うべきか、伊織は自信を取り戻したように凛とした姿になり、三番目の部屋

へ急いだ。やがてドアからノックの音が聞こえた。

「はい、どうぞお入りください」と緊張した声で返事をした。

「はい」とかわいらしい声がして、

「はじめまして、熊田礼子（くまだれいこ）と言います」と挨拶をしてきた。

「熊田さん、は、はじめまして、私は心理カウンセラーの小鳥遊伊織（たかなしいおり）と申します、本日は勇気を出し」

と言った時、熊田さんが待ちきれなかった様子で、

「先生、コトリアソブって漢字で書いてますよ」と不思議そうに尋ねてきた。

「そう、それね、コトリアソブで、タカナシと読むんですよ、それで伊織って名前より、コトリって呼ばれる方が多いんですよ」

それを聞いた熊田さんが、

「かわいい、私もコトリ先生って呼ぼう」と盛り上がっていた。

「それでは、カウンセリングについてご説明させていただきますね」

またここで熊田さんが喋り出した。

「コトリ先生、守秘義務がどーのこーのは、今時はネットを見れば誰でもわかるので、そこは飛ばしちゃってくださーい」

と明るく教えてくれたが急に声のトーンが下がった。

「先生、私、夜眠れないんです」

「眠れないって毎晩ですか」

「はい、たぶん、寝ている時もあるかもですが、横になっても寝つけず、ついスマホばかり見てしまって、それで気づくと朝になってて、学校行っても頭がボーッとしてしまい、授業中になるとウトウトしてしまうんです、それで担任の先生も、クマ、冬眠するなって頭叩いたり、クラスメイトも調子に乗って、クマの冬眠がはじまった、と、冷やかされたりでもう、うんざりです」

熊田さんが急に泣きべソになってしまった。

「確かにね、眠れないのは辛いわよね、それで病院には行かれたのですか」

「はい、それが精神病院や心療内科って、抵抗があって、あっ、すみません、それでとりあえず内科を受診したのですが、そこの先生が言うには、人間ってのは、三日も寝なきゃ必ず眠れるから、と言って笑うんですよ、最低でしょ」

「えーっ、そんな風に言われちゃったの、かわいそうに」

「で、思い切ってここに来ました。ログハウスの色がかわいくて」と、また笑顔に戻った。

「そうでしょ、真朱色(まそほいろ)って言う名前で、私の大好きな色なんですよ」

「マソホイロですか、聞いたことないなあ、帰ってググってみようっと」

「ぜひそうしてください、それと抵抗の件ですが、日本の精神科病院は、精神障害者へのスティグマと呼ばれいて、他の障害者と比べると、強い差別と偏見の対象になりやすいので、こちらに来られるのも抵抗があったのがわかりますよ。ただ今の時代はね、医療機関の呼称を、クリニックにしたり、神経科や心療内科、メンタルヘルス科と標榜したりして、外来の患者さんが足を運びやすくなったのですよ、それでも勇気を出して来てくださったこと、ありがとうございます」

熊田さんが恥ずかしそうにしていた。

「熊田さん、不眠のせいで生活に支障は出ていませんか、今の時代、日本においては、約五人に一人は不眠症に悩んでいますよ」

「そうなんですか」と驚いている。

「そうですよ、しかも、睡眠不足が原因となり、起こる病気が色々あるのです」

「へぇーどんなのですか」と興味深く聞いてきた。

「そうですね、慢性疲労、不安、イライラ、風邪を引きやすくなる、ホルモン分泌のバランスが悪くなり、血糖値が上がり血圧が高くなります」

「コトリ先生、私、病気の専門的なこと、よくわからないんですが」

の声に、徹夜で調べて書いたノートを閉じた。

「ごめんなさいね、私ばっかり喋ってしまって」申し訳なさそうに熊田さんのほうを見つめた。

「コトリ先生、さっきも言ったけど、今はググるとなんでもわかるので、ちょっと先生をからかってしまいました。だって先生かわいいんだもん」とペロッと舌を出した。

「かっかっかわいいですか」

顔が真っ赤になり次の言葉が出なくなってしまった。

「それにしても不眠っていうのもバカにできないんですね、ふーっ」

と大きくため息をついている。

「そうですよ、眠れないからと安易に思ってたらいけないんですよ、今まで辛かったですね、それで不眠になる原因が何か思いあたりませんか、せっかくこちらに来られたのだからなんでもお話しされてかまいませんよ」

「あのね、コトリ先生」また不安そうに話を切り出した。

「はい、何か思いついたのね」

「いじめじゃないかもしれないんですが、夜眠れないから授業中にウトウト、の話はしたと思いますが、不眠がひどくなってから、学校でも一人ぼっちになった感じがして、クラスメイトからも、クマ、冬眠しなくていいの、とか言われたり、あくびをしたら誰かがガオーって言うんです、家に帰っても一人だから、横になってしまうと寝ていることがあり、母が仕事から帰ってきて起こされて、私が、晩ごはんを作るのを忘れちゃって、もうそうなると遅くなるから、母と二人でカップ麺になるのですが、母は離婚して、長い間、女手一つで私を育ててくれて、カップ麺が晩ごはんの日になっても、私を叱ることもなく、おいしいねって笑顔で言ってくれると、なんだか私、申し訳ないやら情けないと思って、自分の部屋に入ると涙が出てしまうんです、だから学校での話は、母に絶対出来ないし、眠れないの辛いし、母にはおいしい料理を作って喜んでもらいたいと思ってますが、気ばかり焦ってしまい」

と言うと泣き出してしまった。

「熊田さん、一人で頑張ってますね、しかも、お母様を支えてて偉いですね」

伊織の言葉で涙が止まらなくなってしまった。とにかく熊田さんが泣き止むまでそばにいてあげようと伊織は思っていた。

「コトリ先生ごめんなさい、泣いてばっかしで」

と申し訳なさそうに謝った。

「いいんですよ、泣くの我慢してたら、ストレスになっちゃうし」

「はい、ありがとうございます、それで私これからどうしたらいいですか」

と不安そうに尋ねた。

「そうですね、熊田さんはどうしたいですか」

「えーっと、やっぱり寝たいです」とニッコリした。

「そうですよね、まずは不眠症について、一緒に考えていきましょうね」

「はい」と笑顔で答えていた。

「それでね先生、サプリも調べたのですが、ものすごい種類が多くて全然わからなくなっちゃった」

「本当にね、便利なのか不便なのか困るわよねえ」

「はい、それで薬も調べてみたのですが、薬は病院に行かないと出してもらえないって書いてありました。それで母にさり気なく聞いてみたのですが、薬には抵抗があるみたいで、薬はダメよと言うんです。睡眠薬って怖いのですか？　私が薬を飲むと死んじゃうみたいなイメージがあるみたいで、すごく心配するんですよ、だから今日ここに来ることは言ってないんです、どうしよう先生」

　と、動揺しはじめてしまった。

「そうですよね、眠り薬と聞くと、あまり良い印象がないかもしれませんね、それにしても、お母様にナイショにしてまで来られるとは、苦しかったですね」

「はい、母に心配かけさせたくなかったので」

「そうですか、それでもお家で熊田さんが悩んだりしている姿を見たら、お母様、心配されるんじゃないでしょうか、あっ、ごめんなさい、ついつい喋ってしまって、今はあなたのカウンセリングでしたね」

「コトリ先生、いいですよ、ありがとうございます、それで、薬を飲まなくてもいい方法って何かないですか」

「そうですね、これも薬の話になって申し訳ないんですが、睡眠導入剤ってネットに出てませんでしたか」

「導入剤ですか、とにかく数が多くて、見たかもしれませんが、よくわかりません」

「そうですか、導入剤ということで入眠を助けてくれる薬です、あっ、薬はダメでしたね」

「先生、だけどそれを飲むと眠れるんでしょ」

「これも色々と種類があって、薬なので副作用もありますが、合わなければ違う薬を試すというのもありかと思うのですが、心理カウンセラーは薬が出せないので、精神科医の先生にご相談されますか」

「えーっ、心理カウンセラーって薬出せないの」と驚いていた。

「すみませーん、心理カウンセラーって基本はお話を、お聴きするのがメインなんです」

すっかり伊織は小さくなってしまった。

「コトリ先生、そんなに小さくならなくても、ハハハ」

おー、熊田さんが笑ってくれたと伊織は心の中で喜んでいた。

「それで、これから先どのように進めていきましょうか」

「えーっ、私が決めるの」

「そうですよ、熊田さんがご自分で決めてそれからご一緒に考えたことを考えるのです、あれ、なんか言葉がおかしくなっちゃった」

「あはは、ですよねー、自分の問題なんですもんね、それにしても、コトリ先生おもしろい」

「あはは、そりゃどうもです」

と顔が赤くなっているのがバレないように、部屋にある電話を取り安子さんに、

「カモ一つと、鷹山先生をお願いします」と伝えた。

「えっ、カモって」熊田さんが聞いている間に安子さんが机の上に置いた。

「はい、カモミールティーですよ」

と詳しく説明しようとした矢先に、鷹山先生がはいってきた。安子さんはそのまま、また受付に戻った。

「はじめまして、ボクが桜並木心療内科の臨床心理士であり精神科医の鷹山と申します、それでコトリが何かしましたか、まだヒヨッコなもので」

と伊織をチラチラ見た。

「いいえ、コトリ先生はよく話を聴いてくれたし、私、好きになりました、それで今回は、睡眠導入剤のことが知りたくて、鷹山先生じゃないと薬が出せないって言われたので」

「心理カウンセラーのことも聞かれたと思いますが、決まりがあるので、それでは不眠症の方が飲まれてるのを少なめからはじめてみますか。で、何かあればお電話をください、導入剤だとお近くの内科でも出してもらえますよ」

「他の病院は嫌、私は、コトリ先生とお喋りしたいから、また来まーす」

「わかりました。ではボクはこれで失礼します、お大事になさってください」

と言い、部屋を出ていった。

「へぇーっ、コトリ先生ってヒヨッコなんですか、あっ、このカモミールティーおいしいです、なんだか気持ちが楽になりました」

と熊田さんが嬉しそうに話しかけた。

「それは良かったです、そのカモミールティーは、さっきこれを運んでこられた受付の黒田さんのお手製なんですよ、ゆっくり飲みながらでいいので、何か話したいことがあれば、お喋りでもしてくださいね」

「でもコトリ先生、時間が、決まっているんでしょ?」

「ここは時間は、決まってないんですよ、珍しいでしょ、そうそうカモミールティーは、寝る前に飲むとリラックス出来るので試してみてくださいね、お帰りの時は、受付で処方箋を受け取るのを忘れないでくださいね」

「コトリ先生と喋ってると、友達ができたみたいで嬉しいです、また絶対来ます」

「こちらこそ、そう言っていただけて嬉しいです、来られる日は予約してからね、後は薬の効果も教えてください。安眠には瞑想も良いので、次回は瞑想法についてもお話しさせていただきますね」

「うわーっ、瞑想法ですか、それは楽しみになりました、またカモミールティーも出ますか?」

と質問してきた。

「もちろんですよ」

「楽しみが増えちゃった、ここに来たことを今夜、母に話してみます」

と元気な声で言った。

「そうですね、それは良いことだと思います、こちらこそありがとうございました」

カモミールティーを飲み終えた頃、伊織が挨拶をした。

「はい、ありがとうコトリ先生」

と熊田さんも帰りじたくをしていた。

「お気をつけて」と言い熊田さんを出口まで見送った。

「これからは、クマの冬眠なんて言わせないぞ、オーッ」

と言いながら握り拳を青空高く上げた伊織。

「コトリちゃんお疲れ様、クマの冬眠がどうかしたの」と、あんこちゃんが聞いてきた。

「あっ聞こえちゃいましたか、独り言ですよ」と笑ってごまかした。

後ろからボスが近づいてきて、

「お疲れさん、コトリ、はじめて一人でのカウセリングはどうだったか」

「さすがに、ちかれたびーです、それでも私と同じ不眠症に悩まれていたので共感できる部分もありました、そうそう、カモミールティーがとってもおいしいと喜ばれました、あんこちゃん、ありがとう」

「なるほど、ちかれたびーか、お前さんは相変わらずおもしろいな」

「そうそう、ボス、クライアントさんの前で、ヒヨッコって言わないでくださいよ、笑われちゃったじゃないですか」

「おー、笑わせたのか、凄いじゃないか、笑う行為ってのは、とても大切なんだぞ、はっはっは」

と、ボスは一人で笑っている。

庭のスズランたちもリンリンと笑い出した。

# シニアピアカウンセラー

長雨の中、凛として咲き誇る紫陽花たち。

「コトリ、ちょっと来てくれ」とボスが伊織を呼んだ。

「はい、ボス、なんでしょうか」とバタバタしながら飛んできた。

「お前さんに相談があるんだが」と、ボスが申し訳なさそうに言う。

「はい、ボスの頼みとあらば」とニコニコしながら聞こうとしている。

「実はだな、シニア」と言ったとたんに伊織の表情が険しくなった。

「お前さんの気持ちは痛いほどわかるが、まあそこは人の話を最後まで聞いてからにしてくれ、シニアピアカウンセラーというのがあって、この資格をお前さんにどうしても取ってもらいたいんだ」

「ボス、心理カウンセラーだけではいけないのですか」と険しい顔つきのままで聞いた。

「いけなくはないが、お前さんさっき、シニアって言葉だけで嫌そうにしただろ」

「だってー両親が」と言うと泣いてしまった。

「辛い思いをさせたね、ごめんよ、ただお前さんには出来るだけ知らせず、出合わさずにしていたのだが、ボクのクライアントさんたちは、高齢の方が多いんだよ、そしてその人たちは、皆さん進んで、この庭の雑草取り、木の剪定、お前さんがいつも食べている野菜作り等をしてくださっているんだよ、庭に雑草が生えてないだろう、ありがたいことだと思わないか。まあそういうご縁で、ボクが話を聴いてたのだが、年を取ってくると段々と、ここに来るのが難しくなってきた人もいるんだよ、それでたまには、その人の家を訪ねて行ってたんだが、ここシニアピアで忙しくってな、おお、そうそう、お前さんが正式に心理カウンセラーになったお陰でクライアントさん増えたよな、喜んではいけないことだろうが、心が病んでしまう時代なんだろうな」

「なんにも知らないで、すみませんでした。私、シニアピアの勉強して、ボスを助けます」

日々、伊織も庭の紫陽花たちのように凛としてきた。

「お前さんは素直で良いなぁ、ありがとな、コトリ君、勉強でわからないところがあればいつでも言ってくれ、出来る限り力になるからな」

と言うとボスは笑顔に戻った。

それからの伊織は、臨床心理士や精神科医の資格が取れない分、心理学に関連するもの全てを取得していった。

心理カウンセラーというのは毎日が勉強の積み重ねだというのは確かなことである。

「それでボス、昨日のカウンセリングはお一人で淋しくなかったですか」

と伊織が笑いながら尋ねた。

「おいおい大人をからかうもんじゃないぞ、って言うか、クライアントさんがコトリ先生がいないって騒ぎ出して大変だったんだぞ、案外人気者なんだな、お前さんは、はっはっは」

「人気者ですかー、恐縮でーす」

楽しそうな会話に参加したい安子さんがやってきた。

「すごく楽しそうですねえ、実は私、行動心理士になる為に勉強してるのですが」

と嬉しそうに話している。

「えーっ」と驚いた二人。

「安子君は、玉の輿狙いだと思っていたが」

伊織もボスの言葉にうなずいている。

「もちろん、玉の輿ですよ、ただね、行動心理って相手の仕草や行動で、だいたいの性格とかがわかるじゃないですか。これは、玉の輿狙いの私としては必要かなと思いまして、うふふ」

「なるほどね」と伊織は妙に感心した。

「そうだな、性格は顔に出るとも言うからな、安子君も良いところに目をつけましたな」

そう言うと三人で笑い出してしまった。

この桜並木心療内科には、考えられないくらいに笑いが溢れている。

やがて、入り口のチャイムが鳴った。すかさず安子さんが、

「はい、どなたですか」と、応答した。

「千鶴ですよー、茄子がたくさん出来たんで、いつものようにおすそわけに来ましたよお」

「今開けますね」と急いで入り口に向かった安子さん。

「うわー、まだトゲトゲしてて新鮮だわ、いつもありがとうございます、腕が鳴るわ」

とやたらに喜んでいる。

「千鶴さん、いつもありがとうございます。何しろここには偏食娘がおりまして、毎日助かっています、ホラ、コトリ、自己紹介とお礼を言わなきゃだめだぞ」と伊織の肩を叩いた。

「あ、はい、はじめまして、タカナシイオリと申します、今までありがとうございました」

と、とんちんかんな挨拶になった。

「あっはっは、お前の挨拶おかしいぞ、お別れするみたいじゃないか、千鶴さん、すみません、まだヒヨッコなもんで」

「おぉ、このこが噂のコトリちゃんかい、鷹山先生が……」と言おうとした時、ボスが大きく咳払いをした。

「千鶴さん、今日はシニアピアの日でしたよね、ボクの代わりと言っては良いかどうかですが、このコトリにバトンタッチってことでかまいませんか」

と、ボスはしきりに口チャックの仕草を千鶴さんにしている。

「あはは、コトリ先生、本日はそういうことで、よろしくお願いしますだ」

「は、はい、こちらこそ、では、三番目のお部屋にどうぞお入りください」

と千鶴さんを連れていこうとした時、またボスが千鶴さんを引き止めて何か謝っていた。千鶴さんはニコニコとうなずいていた。そして、三番目の部屋へ入った。

「ここは暖かでいいですね、庭の花もよく見えるし」

「あっ、いつも雑草取りとか、庭の手入れまでしてくださって感謝します。なんにも知らなくってすみませんでした」と謝る伊織に、

「あたしゃ、ヒマなもんでな。どーも雑草が生えていると気になる性分なんだよ」

時折どこかの方言が交ざっているかのように聞こえた。

「疎開してたもんで、子供の頃に」と千鶴さんが昔の話をしはじめた。

「段々と戦争体験者がいなくなったね、そのうち戦争があったことすら忘れられてしまうのかね。あたしゃ東京生まれだったから、戦時中の東京は、そりゃあ酷い有り様だったよ、ただね、まだ子供だったんでね、学童疎開ってのがあってね。母親と離されて福島県のお寺だったと思うんだけど、そこで生活させられたのさ。食べる物もあんまりなくってね。イナゴってわかるかい？　そんなのも食べたよ。みんなヤセていてさ、お腹すいたら近くの畑に行ってザリガニやタニシ捕って食べたりしたのさ。そうそう、そこでお友達になった、さっちゃんといさお君の姉弟がいてね。さっちゃんが夜になると、お家へ帰りたい、母さんに会いたいよーって泣く

のさ。それで、弟のいさお君が小さな手で頭を撫ぜているんだが、全く泣きやまず、お寺の人たちも、とても困っていたみたいだね。それでも昼間はみんなと楽しそうに遊んでいるのさ。さっちゃん、今頃どうしてるかねぇ。戦争が終わってみんな親元に帰されたから、それっきりになってしまったけど、夜になるとさっちゃんの泣き声を思い出したりするのよね」

「じゃあ千鶴さんの心の中で、さっちゃんは今もずーっと生き続けているのですね。そうして時々思い出すっていうことが、さっちゃんにとって幸せなのではないですか」

「コトリ先生、そうだろうねえ、ありがとう」

「戦争で日本が負けたでしょ。あたしの家の周りはもちろん焼け野原。幸い親類が羽田飛行場の近くにあって、そこに家族全員で住まわせてもらってたよ。親類って言ってもみんな貧しくてさ、ごはんをおかわりって言おうもんなら、ニラまれてたのさ、まあ住む家があるだけでもありがたいと思ったわね。羽田飛行場が米軍の基地になっててね、だからその辺は攻撃されなかったんだろうね。それで羽田あたりで商売する人が増えてさ、大層賑やかだったよ。あたしの兄貴が、アメリカ兵の投げたガムやチョコレートを拾いにいってね」

「ちょっと待ってくださいよ、映画では見たことはあるんだけど、本当にそんなことが？」

　伊織にはずいぶんショッキングだった。

「でねぇ、アメリカ兵に商売する女の人も多くてね、なぜか兄貴がその女性たちにかわいがられいて、外国の石けんとか歯みがき粉とか分けてもらって帰ってくるのさ。その歯みがき粉の味がとってもおいしかったのを覚えているよ」

「投げられた物を拾ったり、もらったりって恥ずかしくなかったのですか?」

「コトリちゃんには理解できないだろうが、あの時代は生きるのが精一杯だったのさ。服だって穴だらけ、しかも着替えがなかったね。母が針仕事が得意だったから、それで少し収入があったけれど、今の人があの時代に行ったら誰も生きてゆけないだろうね。戦争は人の心も変えてしまうんだろうね。そうそう、終戦で満州から引き揚げ船に乗って日本へ帰ってきた人の話だけどね、船の中が人でごった返して身動きができず何日か過ごしたそうだ。それで誰かが舞鶴港が見えたぞーって叫んだら、今までえばってた上司を部下だった人たちが海へ落っことすのよ、よほど恨みが溜まってたんだろうね。おやおや、コトリちゃんを泣かせたら鷹山先生に叱られちゃうわね、ごめんなさいね」

「いえ、同じ人間なのにと思うと悲しくなっちゃって。すみません、で、なんでボス、あ、鷹山先生に千鶴さんが叱られるの」

と涙を拭きながら尋ねた。

「あら、あたしってそんなこと言ったかしら、この年になると物覚えが」

と何気なくごまかそうとしている。

「それにしてもこのような貴重なお話を聴かせていただけて、ありがたいです」

「そう、そう言っていただけて嬉しいわ、それでね、もう一つ聞いてもらいたい話があるんだけど」千鶴さんの表情が暗くなった。

「はい、お話ししてください」

「ありがとう、ゲートボールを長いことしてたんだけど、最近嫌なことが多くてね」

「そういえばグラウンドとかで皆さん楽しそうにされてますが、嫌なことって」

「最初は和気あいあいだったけど、すぐキレたりする人もいるのよ。試合なんてのに出て、負けたら、お前のせいだとか言って、ボールぶつけたり、スティックで叩いたり……。確か事件もあったはず。そういうの見てると辛くなってね、楽しくなくなったのさ。日本人ってのは、とかく勝ち負けにこだわるとこがあるみたいなんで、チームでする運動は、こりごりだよ。それで一人でぼつぼつ野菜を作るようになったのさ。野菜ってのは、裏切らないからねぇ」

「なるほど。千鶴さんのお野菜で私は生かされていたのですね、ありがとうございます」

「あたしだけじゃあないよ、町内の人がそれぞれ何を作るか相談して決めているんだよ。まあそれにしても、今日コトリちゃんに会えて、なるほどと思ったよ。土産話ができたよ、ありがとね。あらまあ、もうこんな時間になって、年を取るとなんだか時の流れが早く感じるね」

「そうなのですか」

「そうだよ、また来週来ますので、よろしくお願いしますね」

と千鶴さんが心療内科のドアを開けて帰ると同時に、一人の女性が入ってきた。伊織は、雨上がりの道を猫車を押しながら、ほやりほやりと虹のほうへ歩いていく千鶴さんを見送った。

## 小鹿(こじか)　万里子(まりこ)（パートナーのアル中）

「マリコさん、いらっしゃい」

　と、ボスが気軽に声をかけている、ちょうどそこへ伊織も居合わせた。

「ついでと言ったらおかしいが、桜並木心療内科で心理カウンセラーをしている、タカナシイオリ君だ」

「はい、はじめまして、タカナシイオリと申します」

　とネームホルダーを見せて自己紹介をした。

「コジカマリコと申します。どうぞよろしくお願い致します」と上品におじぎをした。

「コトリ、今日はもうカウンセリングの予約は入っていなかったよな」

「はい、ボス、あっ鷹山先生」

「そうか、じゃあボクの助手としてカウンセリングに立ち会ってくれ。よろしいですか、マリコさん」

「えっはい、コトリですか、ああ、タカナシ先生のことかしら。小鳥が遊ぶって漢字が、ネームホルダーに」

「ああ、これはコトリでいいですよ、まだヒヨッコなので。なぁコトリ」と笑っている。

「もー、またクライアントさんの前でヒヨッコって言った」

「うふふ、コトリ先生、どうぞよろしくお願い致しますね」

と空気を変えるように、マリコさんが喋った。

「マリコさんは三回目のカウンセリングでしたね」

と何事もなかったかのように、一番目のドアを開け、マリコさんと入っていった。

「普通は苗字で呼ぶのになんで名前なんだろう」とブツブツ言っていると、

「小鹿さんって自分の苗字が嫌いなんだって」と、安子さんがこっそり教えてくれた。

「なんでもご主人がアル中らしくてね」

安子さんは、自分だけ知っている的な勝ちほこった顔になっていた。

「あんこちゃん、それってクライアントさんの秘密でしょ、他の人に話しちゃ、ダメダメでしょ」

と、伊織の説教がはじまろうとした時、カウンセリングルームからボスの声が聞こえてきた。

「おーい、コトリ待ってるんだぞ」

「ほら、コトリちゃん呼ばれているわよ」

内心ホッとした安子さんが背中を押した。

「はい、失礼致します」と、ドアをノックして中へ入っていった。

「コトリは、マリコさんのお話をよく聴いて、事例等を組み込んだ資料を作ってあげてくれないか。アルコール依存症の説明書もそろえてくれ」

「まあ先生、ありがとうございます」

伊織はいつにも増して真剣に話を聴こうとした。

「それで先生、前回のお話で、飲んだ後始末をしてはいけないと言われたのでそのままにしていたのですが、酔いが醒めた時に部屋のちらかった様子を見たあの人、こんなにちらかしてどうしたんだって私を責めるんです。まだ暴力を振るわれてはいないんですが、それでも口が悪くって。それと逆に何日も口をきいてくれない日もありますのよ、会社でうまくいかないからと言われると、かわいそうだなと思い、我慢もしているのですが」

「お話の途中ですみません」

「なんだ、コトリ」

「あっ、かまいませんよ、どうぞ」

「はい、暴言も暴力になりますし、口をきかず無視するのはネグレクトって言いまして身体的虐待についで二番目に多いんですよ。お辛いですね、あ、すみません。そうそう、ちなみに哺乳類や鳥類、例えばチンパンジー、ニホンザル、ゾウ、トラ、ネズミ、ペンギン、ペリカン、フクロウ等もです、ネグレクトって言っても育児放棄のほうですが」

「おいおい話が脱線しているぞ」

「うふふ、かまいませんよ、違う意味で勉強になりましたから」とマリコさんは笑っていた。

「なんかくだらないことはよく覚えるんですよ、すみません」

「いいですって。それより今後、私はどうすればよろしいでしょうか。暴力がエスカレートして虐待になるのかと思うと、今から怖いです」

「そうですね、まずはお酒を飲むのを止めさせないとくり返しになってしまいますね。コトリ、断酒の会の資料をお渡しして」

「はい、今持ってきます」

「断酒の会というのがあるのですか」

「はい、アルコール依存症は、いわばご自分の病気なので、正しい認識を持ってもらうことが必要ですから、どうにか立ち直ってほしいですね」

　ボスが話していると、息をきらした伊織がたくさんの資料を持って入ってきた。

「はい、これらが依存症に関する資料です、断酒の会の場所も色々あります」

「ありがとう、あら、本当にたくさんあるのね」

「今の時代はお酒に逃げる人も多くなってきましたからね。本来はご本人が直接、精神保健福祉センターに行かれるのが一番良いのですが、アルコール依存症の方は、なかなかそれを認めようとしないので、ご家族が辛い目にあってしまうのが現実ですかね」

「そうですね、出来る限りすすめてみます。またよろしくお願い致します」

「はい、次回のご予約を受付で済ませてくださ い」

「わかりました、コトリ先生も、ありがとうございました」

「はい、お気を付けてお帰りください。失礼致します」

と丁寧におじぎをした。ボスがマリコさんを出口で見送った。

「いやー今時、番傘なんてイキだよなあ」と言いながら、

「どうだったか、コトリ君」不意打ちのように尋ねてきた。

「どうもこうもありませんよ、内容も知らされてなくって、またヒヨッコって言うし、赤っ恥かかされましたよ」と、ほっぺたをふくらませた。

「まあそう言うなよ、ずっと暗い顔されてても辛くなるばかりだろ、お前さんのくだらない話で喜んでくれたじゃないか、はっはっは」

「どうせ私は動物オタクですよー、さて資料作りでもしようかなぁ」

「おっ、コトリ先生は勉強熱心ですなぁ」と笑いながら庭に出ていった。

「コトリちゃんお疲れ様、マリコさんの次の予約はまだ先だから、資料作り手伝うわ。ボツボツにしよう。カモミールティーでも飲みなさい」

本当にあんこちゃんて、気配り上手だわと心の中でつぶやいていた。いきなりボスがビショビショで入ってきた。

「ほーらお前さんにプレゼントだ」と言ってカタツムリを見せた。

「うわー、おっきー。でもね、ボスは知らないでしょうが、カタツムリが葉っぱにくっついてるのを無理矢理取ると粘着力がなくなって死んじゃうこともあるんですよー、ほら、カタツムリさんに謝って、元いた場所に返してあげてください」

と今度は伊織が先生に注意していた。

「はい」と言って出ていって、

「ただいま、無事に戻してきました、コトリ先生」と、ボスは相変わらずビショビショ。

「動物のことになるとコトリちゃんにはかなわないわね、はいタオル」

と安子さんが笑いながらボスにタオルを渡した。

「安子君、サンキュ」と言いながら髪をふいている。

「あのカタツムリ、大丈夫かなあ」と伊織の心配そうな声に、

「そばに仲間がいたから、くっつけてきたぞ、ボクも気がきくだろ、あっはっは」と笑っていた。

桜並木心療内科の笑い声が止むことなく、いつしか雨は蝉時雨に変わっていった。

## 牛田琴都音（浮気）

彩とりどりに朝顔たちが咲き、向日葵が笑顔でおはようと言っている中をそれぞれに、おはようと言いながら、伊織がゆっくりと歩いて仕事場へ向かった。

「おはようございまーす」と元気に入ってきた。

「うわーっ、こんなにたくさんのカボチャどうしたんですか」

「これはだな、シニアピアに来られている一馬さんが持ってきてくださったんだよ、すごいだろ」

「毎回、本当に助かるわ」お料理好きの安子さんがしみじみ答えた。

「そうだ、カボチャのことを、ぼーぼらって言ってたぞ。最初何のことかわからなかったよ」

「それでこっちは、ぼーぼらてーたもんじゃ、と言われて鍋ごと持ってきてくれたんだよ」

「えっ、ぼーぼらてーたもんじゃ、ですか」

「訳すと、カボチャを炊いた物、ってなるんだよ、一馬さんは昔、中国地方に住んでいらしたそうで、そこの方言らしい。一馬さんと話してると時々聞き返してしまうんだが、カボチャより、ぼーぼらのほうが個人的に気に入ってるんだ。方言ってどこかあったかい気がしないか？」

「そうですね、自分の産まれ育った国の言葉を使うってステキですよね」

相変わらず三人の座談会がはじまった。そして、チャイムが鳴ると、安子さんが返事をする。

「コトリちゃん来られたわよ」

「はい」と言うと、先に三番目の部屋に入った。

「牛田さん、はじめまして。私は心理カウンセラーのタカナシイオリと申します」

と、いつも通りネームホルダーを見せた。

「私は牛田琴都音と申します、どうぞよろしくお願い致します、えっと、コトリ、コトリ先生、あっ、タカナシ先生だった、すみません」

「あっ、皆さんコトリって呼んでくださるので、コトリでいいですよ」

「はい、ではコトリ先生、どうぞよろしくお願い致します」

「はい、こちらこそ。それでカウンセリングに移りますが、ご主人様の浮気の件でお話をすすめたらよろしいのでしょうか」

「はい」牛田さんの表情が暗くなってきた。

「では、もう少し詳しくお話ししてください」

その後、牛田さんは涙ながらに身振り手振りを交えて話し続けた。伊織は内線であんこちゃんにカモミールティーを頼んでいた。そしてカモミールティーが牛田さんの目の前に置かれた。

「さ、どうぞ」と伊織がすすめた。

「飲みながらでよろしいので聞いていてくださいね、まず浮気を経験した人は、八十四パーセントの確率で浮気を繰り返します。悪いことだというのは理解をしていて、はじめて浮気をした時はためらうのですが、一度手を染めてしまえば、その後は罪の意識が大幅に減少してしまいます。なぜ悪いことだとわかっていても浮気を繰り返すのかという点ですが、悪いことの意味が人それぞれで認識が違うのです。殺人とタバコのポイ捨てとでは、同じ悪いことでも大きな差がありますよね。浮気の罪を殺人罪と同等にとらえてる人は浮気をしません、でも、浮気の罪をタバコのポイ捨てくらいにとらえてる人は、当然確率が高くなります。昔の文豪みたいに罪が重いのを知っていて浮気された方もいらっしゃいますが……」

「ずいぶんと極端なんですね、でもなんとなくわかります」と、牛田さんが納得していた。

「すみません」と恐縮しながら話を続けた。

「簡単に浮気を繰り返す人は、パートナーへの配慮が著しく欠如していると言われています。つまりわがままなんですね。もし相手の立場になって考えて、自分の愛している人が浮気をしていると知ったらどれほどのショックを受け、悲しむのかを推し量ることが出来れば、浮気はしないでしょうね。もしも魔が差して、一度浮気をしてしまったならば深く反省して、二度と繰り返すことはないでしょう。ご主人様とよく話し合われましたか？」

「いえ、私は、あまり自分の意見が言えなくて。言うと嫌がるかな？　なんて考えてしまうんです」

「牛田さん、とにかくコミュニケーションをしっかり取って、自分がどんなことをされたら悲しいかをはっきり伝えることが大切だと思います」

「主人が浮気をするのは、あなたにも原因があるのではないかしらと、母から言われました。まさか自分の母からそんなことを言われるとは思ってもなかったので、とてもショックです」

と言うと、泣き出してしまった。

「お辛いですね。そうそう、配偶者もしくは浮気相手に慰謝料請求が出来ますよ。これを言ってご家庭が壊れるような事態になってもいけないのですが、これは最後の切り札として、頭の片隅にでも入れておいてください。とにかく話し合いをされてみてください。それとご自分の意見をご主人にしっかり言っていただきたいのですが、言いにくいんですよね？」

「はい、それでも一生懸命に伝えてみます」

「また何かありましたらお越しくださいね。私は牛田さんのことを陰ながら応援します」

「ありがとう、コトリ先生、少し気持ちがすっきりしました」

「それは良かったです。すっきりついでに余談になりますが、寝る前にカモミールティーをおすすめしています。ヨーロッパでは、歴史ある民間薬とされているほど精神を安定させるそうです。飲み過ぎには注意ですが。あとは、レモングラス、ラベンダー、マジョラム、日本では白檀の香りもいいですね。そうそう食べ物では、バナナ、パイナップル、レモンなどです、ついでにですが、寝室は、グリーン系、ブルー系、ロイヤルブルー、パープル等の色をメインにするとリラックスするみたいですよ」

「うふふ、コトリ先生ってインテリアコーディネーターみたいですね」

と牛田さんが笑いながら答えていた。

「それ、その笑顔。ご自宅でもなるべくニコニコしてください。笑顔が一番の薬だそうですよ」

「はい、わかりました。ここのカモミールティーは、すごくおいしかったです、コトリ先生の余談も勉強になりました。うふふ」と、また牛田さんは笑顔に。

「カモミールは、ここの庭で採れたのを、受付の黒田さんが上手に作っているんですよ」

牛田さんが笑顔になったことが伊織には嬉しかった。

「今日はありがとうございました」と深々と頭を下げて牛田さんは出口のドアを開けた。

「お気をつけてお帰りください」と伊織が見送った。

風が心地良く吹いて、伊織の髪に何かが落ちてきた。

「コトリちゃんお疲れ様」と安子さんが近づいてきた。

「あらー、かわいい髪飾りをしてるのね」と、コトリの頭を見ながらクスクス笑っている。

「えーっ何、何、あっ、モミジだ。散り急いだのかなー、かわいそうに。モミジは今日の記念にこのまま髪につけておきます」なんの記念かはわからないが二人で笑い合っていた。

「二人共何笑ってんだー」

とボスが登場してきた。

「今日もお疲れ様、しっかりカウンセリング出来たかな、モミジ君」

「はい、モミジいや、コトリ、しっかりカウンセリング出来ました」

と、敬礼した。

「敬礼までしなくてもいいのだが」

「ボスを尊敬してますので」と、ニヤリとした。

「そういえば秋になると思い出すわね」

## 団栗と犬塚さん（緊張）と町内会長

柿の木の下を、何やら大きな袋を抱えて、ゆっくりゆっくり伊織が歩いてきた。

「おはようございます」

と、いつもとは違い、そっとドアを開けた。

「はい、お土産」

と、大きな袋からたくさんの団栗を待ち合いのテーブルに広げた。

「おはようコトリちゃん、まあ、こんなにどうしたの」驚く安子さんに、

「昨日拾ってきたのですよ、夜は一人だったし」

「えーっ夜まで拾ってたの」と、安子さんが、また驚いた。

「おはよう、お二人さん、おっ団栗じゃないか、食べれるのか？」

とボスがふざけて聞いてきた。

「もー、違いますよ、これはここの庭にみんなで植えようかなと思ったんです」

「夜遅くまで拾ってたそうですよ」と、安子さんがネタバラシをしていた。

「それでこれは……」

と言って伊織が自分の服のポケットから、かなり大きな団栗を出した。

「これは偶然頭に落ちてきたんですよ、これも何かの縁と思い、持ってきました」

「じゃあこれはお前さんが自分で植えて、しっかり育てなきゃな、縁を大切にする気持ちはとっても良いことだ」

「ところで、あのクライアントさん、あれからどうした」

「え、どの方のことですか？　クライアントさんが多くて」

「そうだったな、スマン。毎回怒りながら帰られていたクライアントさんだよ」

「あぁ、犬塚（いぬづか）さんのことですね、現在就活をされてるそうですが、いざという時に緊張してしまい、面接のたびに言いたいことが半分も言えずに、落ちてばかりだったそうです。リラックス出来る方法が何かないかということでこちらに来られていました。それで呼吸法とか色々と一緒にしたのですが、イノッチポーズというのをしたとたんに馬鹿にしてるのかーって怒り出し、帰ってしまったんですが、それから犬塚さん、就職が決まったそうで。わざわざお礼に来てくださって、安心しました」

「ほー、コトリすごいじゃないか、イノッチポーズってのをここで見せてくれないか」

「あっ、私も見たいわ」と、二人は目を輝かせていた。

「もうやめてくださいよー、忘れました」と伊織は笑ってごまかした。

「まぁ、また思い出したら見せてくれよな」

と、しつっこく言っていたが急に真面目な顔になり、

「実は先日町内会長さんに呼び出されて行ってきたんだが、最近シニアピアに来られる人が減っただろ」

「そうですね、ボス、予約が少なくなりましたよね」と、安子さんがしみじみと言った。

「そうだろ、それでボクの時間が空いた時に皆さんの家を訪ねて話を聴いたりしていたのだが、この辺りは一人暮らしの方が多くて、一人ではなかなか回れないんだよ。これをデリバリーカウンセリングと仮に呼んだとして、なかなか評判が良いみたいで、町内会長さんからも是非にと言われてな、お前さんの力を借りたいと思ったんだ、これから段々寒くなってくると皆さんコタツから出るのがおっくうになるそうで」

「はい、ボスの頼みとあらば、例え火の中、水の中、ってね、あはは」

「もう、コトリちゃんはボスに甘いんだから」と言いながら団粟を片付けはじめた。

「ありがとな、コトリ君、一人暮らしって話し相手がいないだろ、しかも一日中部屋にこもっているんだ、なんだか辛くてな、ボクに出来ることはしてあげたいんだ」

「わかります、私も一人ぼっちの時、言葉を忘れちゃうんじゃないかと思いましたし、地震や強風、雷の時もブルブル震えながら、ぬいぐるみを抱っこしてましたよ」

「そうだったか、そういう辛い思いを体験してきた人は、他人にも優しくなれるんだ、だから、

コトリ君は心理カウンセラーに向いているとボクの直感は正しく働いたんだ」

と得意気になった。

「お前さんが担当する人は、安子君と一緒にスケジュールを調整するので無理そうなら相談してきなさい、くれぐれも無理するなよ、それとわかっていると思うが、お前さんは心理カウンセラーだから、薬が必要だと判断した時はボクに教えること、何度も言うようで申し訳ないが」

伊織は真剣な顔つきでボスの話を聴いている。

「さて、これからが一番重要なんだが、この町内の皆さんは、お世話好きの人が多いんだな、それで、その、なんだ」と言いながら急に顔が赤くなる。

「お見合い話でしょ」と安子さんが嬉しそうに言った。

「私もすすめられちゃうのよ。で、このボスもね、コトリちゃんが一番の獲物みたいだわよ、オホホ」

「ひぇー、獲物ですかー」と、かなり怖がっている。

「皆さんそういう話が好きみたいだから、お見合いの、お、の字や、写真など見せられたら、話題を変えるように」

「えっ、どうしてですか？」

「もう、コトリちゃんて鈍いわねぇ」とため息をもらす。

「理由がよくわかりませんが、私はお見合いをするには、まだ早いと思ってますし、苗字変えたくないので、ボスの言われた通りにします」

「それでいい」と、ほっとしたような顔つきになったボスに、安子さんが、

「ボス良かったわねぇ」と、ニヤニヤしながら小声で言っていた。

「安子君、大人をからかうものじゃないぞ」と言っているが、安子さんとボスの年齢はあまり変わらなかった。

曼珠沙華が庭先でカラカラ笑っていた。

## 鮎原（あゆはら）　愛歩（あゆみ）（ストーカー）

　菊冬至椿たちに見送られながら、いつものように、元気良く入り口のドアを開け、

「おっはようございまーす」と伊織が入ってきた。

ん、なんだか二人の表情が暗い、何かあったのかなあ、と独り言を言っていると、ボスが近づいてきた。

「おはよう、今夜はお二人さんに、コレにつき合ってもらうからな」

と、ボスがお酒を飲む仕草をした。

「私は大丈夫だけど、コトリちゃんは」と安子さんの声に元気がない。

いつもなら、コレと言われたら目がイキイキするのだが。

「はい、大丈夫です」と言ったものの、安子さんの元気がないことのほうが心配だった。

「本日は、コトリ君は、アユハラさんのカウンセリングだったな、よろしくな」と言うと、一番目の部屋へ入っていった。

「ほらほら、もうすぐアユハラさんが来られるでしょ、私はカモのしたくするから、部屋で準

備してね」

と、安子さんが背中を軽く押した。やがて入り口からチャイムの音が聞こえ、安子さんの「どうぞお入りください」の声が聞こえ、やがて、ドアをノックする音が聞こえてきた。

「はい、どうぞお入りください」

「はじめまして、鮎原愛歩と申します、本日はどうぞよろしくお願い致します」

「ご丁寧にありがとうございます、はじめまして、私は心理カウンセラーの、タカナシイオリと申します、どうぞ」

と先を続けようとした時に、

「コトリアソブですか」と、おなじみの質問をされた。

「はい、確かに漢字だけ見ると、そのように読めるのですが、皆さんコトリって呼んでくださるので、それもいいわね、と思い、今はすっかりコトリとして生きてます、あはは」

「なるほど、じゃあ私もコトリ先生って呼びます、うふふ」

アユハラさんの緊張が少しほぐれたみたいで、伊織はこの苗字で良かったなと今更ながらに思うのだった。

「ところで、アユハラさんは、ストーカーに悩まれていらっしゃるのですね」

「はい、ストーカーと言っても、元カレなんですが、とにかく別れてからもしつっこくて困っています。今はニュースで刺されたとかの事件もあるじゃないですか、なんだか怖くって、ケータイが鳴るだけでもビクビクしてます、思い切って引っ越そうかとも考えているのですが」

「そうですか、それはお辛いですね、ストーカーは執着心が強いので、交際中の時は恋人の歓心を買うために、過剰なサービスや、高価なプレゼントまでする人もいます、まあ全員がそうだというわけではないのですが」

「それがですね、会うと花束渡されたり、誕生日には私の行きたかったお店で食事して高級なバッグのプレゼントもあり、最初は、お姫様みたいな気分になり受け取っていましたが、一日に何回もメールが来たり、ちょっと会社の同僚と飲み会があると、偶然を装って、そのお店に来たり、帰りが遅いとか束縛がすごく強くなってきました、もう関わらないでと言ったこともあるんですが、人目もはばからず泣き出すんですよ」

「うわー、相当な自己中ですね、キモッ」と伊織は思わず本音を口にしてしまった。

「あっすみません、えーっと、そうそう、単に関わらないでと言っただけでは相手に通じませんし、むしろなんでもいいから言葉をかけてもらったことに対して喜びを感じていると思われます」

「本当キモですね」と、アユハラさんが答えた。

「ですよねぇ、ただ、アユハラさんがなぜ別れたいのかという気持ちを、論理的に納得させることは必要だと思います。相手がかわいそうとか思ってしまうと、時すでに遅し。ストーカーするのは、淋しいという理由もあるみたいですよ」

言い終わると、ドアをノックする音がして、アユハラさんの目の前に、カモミールティーが置かれた。

「飲みながらお話ししましょう」と伊織がすすめた。

「わぁ、良い香り」と、アユハラさんがニッコリした。そして、次の言葉を喋り出した。

「かわいそうとは思わないのですが、別れを切り出した場合、泣かれた次はどうされるのかと思うと怖いんです」

「そう、そこなんですよ、まずは警察に行ってください。ただ警察は公的機関ですから一方だけの話を聞いて、一方だけを悪者には出来ません。とても悔しいことなのですが、アユハラさんがストーカー被害を立証する必要があります、が、現在警察も、ストーカーに対する姿勢が変わってきました、警告や接近禁止令ですね。ストーカーを処罰するための法律も、被害者をもっと助けられるように改正されてきていますが、アユハラさんのすべきこともありますよ、本当ならケータイを替えるのが一番ですが、まずは、相手の連絡先を削除しなくてはいけませんね、引っ越しのことを言われてましたが、会社を元カレが知っていたなら、引っ越し先もわかってしまうでしょう。とにかくアユハラさんに未練があるのでどんな手段で来るか想像できませんが出来る限り共に戦いましょう、そして、元カレからもらった物は全て捨ててくださいね」

と、アユハラさんが持っているバッグに視線を移した。

「えーっ、コトリ先生わかりましたかー、これお気に入りなんですよ」とかばうように抱えた。

「ダメです、アユハラさんがそのバッグを持って歩いてる姿を元カレがどこで見てるかわからないんですよ。そうしたらまだチャンスはある、と思ってしまうんです。厳しいことを言うようで申し訳ないと思いますが、理由を曖昧にしていると、自分の何が良くなかったんだろう、何かモヤモヤすると思い、またしつっこく別れの理由を聞いてくると思います」

「そうですか、なかったことにしたいので、このバッグは残念ですが、あきらめます。他にどうすればいいですか？」

「そうですね、一人歩きの行動をしない、夜道は歩かない、とにかく断固拒否の姿勢を見せる、防犯ベルを持つ、でしょうか。防犯ブザーや防犯カメラの貸し出しや、ストーカー対応方法のアドバイスや緊急時の連絡方法のアドバイスも警察のほうが詳しいと思います。パトロールの強化もしてくれるみたいですよ」

「はい、じゃあ防犯ベルは買いに行きます」

「そうですね、ちなみに元カレはストーカー予備軍とでも言っておきましょうか。執拗な連絡ですね、束縛が激しい、今何してる、どこにいるとかですね、行動を細かく把握したいのでしょう。君が心配だからとか言われませんでしたか？　執着心が強い、泣いたと言われてましたが、感情的になりやすく、キレやすい、自己中心的でひとりよがり、人間形成が未熟で友達がいないってとこでしょうかね」

「コトリ先生、すごい。全部当たってるー」

と、なぜかアユハラさんは喜んでいた。

「次の恋愛では相手をよく観察してください。一応今日のお話とダブる箇所があるかもしれませんが、『ストーカー行為とは』という小冊子もお渡ししますので、ぜひ参考になさってください」

と言ってアユハラさんに手渡した。

「ありがとうございます、また来週伺ってもいいですか。違うバッグを持ってきます」

「はい、もちろんです。アユハラさんの気持ちが楽になるまで何回でもいらしてくださいね」

「はい、コトリ先生、カモミールティーもまた飲ませてください」

とニッコリしていた。

「もちろんですよ、ストーカーってなんだか他人事ではない世の中なので、くれぐれもお気をつけてお帰りくださいね」

# 命日と誕生日

「コトリちゃん、お疲れ様」

「あ、あんこちゃーん、カモミールティーをありがとうございました。とっても喜んでいらっしゃいましたよ」

「それは良かった、さて掃除、ちゃちゃちゃっとやっちゃいましょう」

と言って、伊織に雑巾を手渡したが、安子さん自身はなんだか深妙な顔つきだったので、伊織は声がかけにくくなり、とりあえず窓を拭きはじめた。

するると、一番目のドアがすっと開き一人のクライアントさんが出てきた。

「先生、ありがとうございました。またよろしくお願い致します」

と言い残し、心療内科のドアから帰っていった。ボスの、お気をつけて、という声が重く聞こえたかと思うと、二人のほうへ近づいてきて、

「二人共お疲れ様。じゃあ出かけようか」と言った。

「え、出かけるってどこへ？」と伊織は微妙に怯えながら尋ねた。

「コトリちゃんのご両親のお墓参りよ、早いものねぇ」と安子さんが深いため息をこぼした。

「あーっ、忘れてた」焦る伊織にボスが、

「バカヤロー、親の命日を忘れるなんて、この親不孝者が。ボクはお前さんをそんな人間に育てたつもりはないぞ」と言いながら、呆れた顔をした。

「す、すみませんです。わざわざ皆さんがご一緒に行ってくださるなんてありがたいです」

「お前さん、一人で墓参り出来ないだろ、住職さんから聞いたぞ、いっつも入り口まで来てはボーッと立って泣き出す女の子がいるっていうのを。そしてそのまま引き返してたんだろ、辛かったな」

「はい、なかなか一人だと勇気が出なくって、それでも、お参りしなくちゃと思うと、足がすくんでしまって、あっ、命日ということは」

と言うなり、先の言葉が出なくなってしまった。誕生日という言葉がトラウマになっていた。

「コトリちゃん、産まれた日よね」

あえて安子さんは誕生日という言葉を使わないでいた。

「それにしても運命というのは皮肉なもんだな。ご愁傷様とおめでとうを一緒に言わなくちゃいけなかったんだからなぁ。それでだ、お墓参りの後はお約束のコレだ」

「今日は、どんな顔してコトリちゃんと接すればいいか悩んでたのよ。もうニッコリしてもいいかしら」

気配り上手の安子さんは、そこまで考えてくれていた。ボスも同じ考えだったらしく、ほっとした表情になった。

事務所から、くすぐったそうに包まれていた季節の花々たちの束を、ボスが大切そうに抱きかかえてきた。

「ほら、これはお前さんがしっかりかかえるんだぞ」

と言い、丁寧に渡してくれた。伊織はぐっと涙をこらえて、それを抱いた。

少し肌寒くなったのか、八手たちがガサゴソと互いの葉を擦り合わせていた。

小鳥遊家のお墓の前は静寂に包まれていた。それぞれが両手を合わせたが、伊織が泣きそうになったのを察知したのか、すかさず安子さんが伊織の手を取った。

「冷たくなっちゃったね」

とポツリと言って温めてくれた。ボスはやけに長々と手を合わせていた。その姿に伊織は感激して、また泣きそうになったが、安子さんの手の温もりで涙は出なかった。

「コトリ君、ちゃんと報告できたか。まあ報告しなくてもいつもお空から見守ってくださっているかな」

ボスの言葉のおかげか急にクスクスと笑い出し、静寂はこっそり逃げていった。

「さあ、行くわよ」

と急に安子さんが元気な声になる。のんべえ二人組は朝の顔とはうって変わっていた。

「あっ、センパーイ、いらっしゃい」と、相変わらず元気な声のコンタさん。

「よっ、こんばんは」

「おじゃましまーす」

「安子さん、お久し振りっす」と言い、コンタさんが安子さんの後ろを見た。

「センパーイ、今日は両手に花っすね」

「こっこんばんは」人見知りな伊織はそう言うと、安子さんの後ろにまた隠れた。

「こっここっこってニワトリみたいだな、あはは、コトリ君、自己紹介は」とボスが促した。

「あ、そうだった。私は桜並木心療内科で心理カウンセラーをしております、タカナシイオリと申します、本日はどうぞよろしくお願い致します」

と言うと深々とおじぎをした。

「おいおい、今はカウンセリングをするわけじゃないぞ、まぁ丁寧な挨拶は大切だがな」

「センパーイ、もしかして最強って、この子っすか？」とコンタさんがなぜか喜んでいる。

「そうだよ、オーラが出ているだろ、あっはっは」

「いやー、どんな強者かと楽しみにしてたんすが、オーラっすか、んー出ているような、出てないような」

「入り口で立ち話もなんだから入っちゃいましょう」

安子さんはすでに気持ちがお酒のほうに向かっている。

「そうだな、おじゃまするよ。さあ、コトリも早く来なさい」

とボスの声は聞こえていたが、店内に飾ってある、キツネグッズに興味がある様子で、一つ一つ眺めながら、ゆっくりゆっくりと席に着いた。

「さぁ飲むわよ」いよいよその時を待ちかねた安子さんは目を輝かせている。

「コンタ、ボクと安子さんはいつものでよろしく、コトリはどうする？」

「コトリっすか、タカナシイオリさんて言われてたっすよ」

「そうなんですよ、漢字で書くと、小鳥遊で、タカナシと読むんです、でね、クライアントさんたちはコトリのほうが言いやすいみたいで、いつの間にか、コトリってなったのですが、まあ命名は、あんこちゃんだったかなあ？　ボスだったかなあ？」

と少し馴染んできたみたいだった。

「じゃあ、コトリちゃんは何にしましょうか」と丁寧に聞くコンタさん。

「飲みにきたことっていうか、お酒飲んだことないけど、みんなに合わせなきゃいけないし、どうしよう」

早く飲みたい安子さんが、

「じゃあ、コトリちゃんには甘いチューが良いかもね、それをお願いね」と仕切っている。

「えっ、チューですか」と相変わらず顔が真っ赤になる伊織を見て、ボスもなぜか顔が赤くなっている。

「へい、おまち」とコンタさんがそれぞれの前にグラスを置いた。

「わーっ、すっごいキレイな色」と伊織はこの色が気に入ったみたいだった。

「じゃあ、とりあえずグラスを合わせるか」とボスが伊織に気をつかった。

「あのー、カンパイが良いなぁ」と伊織が笑顔で言った。

「コトリ、大丈夫か、無理するなよ」と、ボスが言っているそばから安子さんがつい、

「カンパーイ」

と言ってしまい、伊織の顔を見たが、笑っていたので安子さんは涙が出そうになった。

「さぁ二人とも飲むわよー、それで食事は」

と言いながらメニューを見て、気持ちを食べるほうへ切り替えた。

「ボス、何食べます」と急に不安になる安子さん。

「そうだな、今日は、鬼がいるしなー」と伊織のほうを見た。

「鬼が出るんですか、ここに。私、未だに獅子舞いとかなまはげって怖いんですよ。人が中に入っているってのが理解できなくて、出てきたらどうしよう」

と、伊織は不安な顔つきになってしまった。

「あっはっは、そう来るか。まったくお前さんの頭の中を一度診てみたいものだ、あっはっは」

と笑い出すボスの目の前に、コンタさんが食事を置いた。

「おいおい、まだ注文してないぞ、って、口が動いてるんじゃないか、この刺身」

と、コンタさんをにらんでいる。

「センパイ、いつも注文してるじゃないっすか」

「コトリちゃん、あの後ろの絵かわいいわよ」

と、安子さんは強引に伊織を後ろに向けてボスにセーフのポーズを送った。

ボスはボスで、コンタさんに急いでこれを下げるようにとコソコソ言っていた。ここは二人のファインプレーで切りぬけられた。さて次はどうなるのだろうと、とにかくボスはコンタさんのほうに行って事情を話すことにした。

「唐揚げだと大丈夫だと思う」と安子さんが言いはじめた。

「そうだな、晩ごはんの時、テーブルに唐揚げが出てても、コトリは食べないが騒がないよな」ほっとした二人。

「唐揚げをお願いします、コトリちゃんはお豆腐系とか野菜物がいいわね、それもお願いね」

「まあ、今日は精進料理もどきにしておきますか」

とボスも諦めムードになった。二人の気遣いも気にせず甘いチューが気に入ったのか何回もおかわりしていた。

「おいおい、コトリ、空腹で飲むなよ。コンタも気をつけてくれよなぁ、まったく。落ちついて飲めやしない」

「ボス、人のせいにしちゃいけないんじゃなかったですかね」と安子さんが絡んできた。

「あっそー、じゃ、私はタマゴ焼きをいただくとしようかのー、安子君」

と急にボスみたいな口調になる伊織。

「コトリちゃん、卵は大丈夫なんすね、了解したでござる」

と、コンタさんも調子に乗ってきた。

「ここのタマゴ焼きは絶品なんだよ、ただレシピは、マル秘らしくてね」

「ふぇーっ、べっぴんなのか、べっぴん、べっぴん」とはしゃぎだした。

「コトリ、お客さんたちが笑っているぞ」

「センパイも大変っすね」

「コンタちゃーん、チューもう一回」と注文していた。

「おいおい、もうやめなさい、ほらべっぴんのタマゴ焼きが来たぞ、とにかく食べなさい」

「ひぇーい、ボチュ、あーんするからお口に入れてくりゃしゃい」と言って口を開けた。

これは見物(みもの)とばかりに、お店の中にいる人の視線が伊織に集中してしまった。

「ほら、コトリちゃんが口を開けてるから、親鳥になったつもりでとにかく口に入れてあげなさいよ、みんな酔ってるから今日のことは忘れちゃうわよ」

と言っている安子さんは、写メを撮りたい気持ちを抑えながら、絶対忘れまいとニヤニヤしていた。その後、この「あーん事件」がこの界隈で広まることを、今はまだ誰も知る由もなかった。

「もー、そんなに安子君が言うなら、一回だけだぞ」

と言うと、急いで伊織の口にタマゴ焼きをひとくち入れた。入れたというよりは、投げ込んだという表現のほうが正しいかもしれないが、ボスの手が震えていたのは確かだった。店内がシーンとなったのだが、

「おいちー」と伊織の叫び声でまた賑やかになった。

「そうでしょ、おいしいのよ、特にボスに食べさせてもらったんだから格別よねー」

とボスのほうを向いてニヤニヤしている。

「安子君、頼むから今日のことは忘れてくれ」とボスが恥ずかしそうに言った。

「お酒の席のことですからね、まっ、楽しく飲みましょう」と言っている目がニヤけている。

「それにしても、ここまで偏食がひどかったら食事も大変だったろうな」

「いいえ、かえってメニューが少ないので、お料理は楽ですよ、ただタンパク質とかカルシウムとかの心配はありますが」

「安子君はコトリの母鳥みたいだな」とボスがつぶやいたその時、酔い潰れた伊織が、

「母さん」と声にした。

「本当にねぇ、よく生きてこれたわね」

「偉いよな」と二人でしみじみと語りはじめた。時間というものは、あっという間に過ぎる、

それが特に楽しいものだと一瞬のように思えてしまう。やがて、

「ふぁーっ、よく寝ちゃった」とあくびをしながら辺りを見渡してはっとした。

「あっ私寝てたんですね、すみません」酔いが醒めるのが早い体質なのか。

「本日はお忙しい中、お二人のお時間をいただきまして誠にありがとうございました」

急に改まってお礼を言いはじめた。

「お前さん本当に寝てたのか?」とボスが確認するかのように聞いた。

「ねぇねぇ、いつ頃から寝ちゃったの?」と安子さんは興味深げにニヤニヤしながら聞いてきた。

「えーっと、タマゴ焼きを食べた後かなぁ」安子さんが待っていた答えが出た。

「タマゴ焼きおいしかったでしょう?」

「安子君、誘導尋問みたいになっているぞ、もういいだろ、さてお開きにしますか」

納得がいかない安子さんだったが、

「そうですね、帰りますか」と言って、手提袋をゴソゴソしながら何やら取り出した。

「これから寒くなるから」と言って、伊織の首に手編みのマフラーを巻いた。

「これ」と言うなり、いきなり涙が溢れてきた。

「コトリちゃんは、真朱色(まそほいろ)が好きでしょう。その色の毛糸で編んでみたのよ、編み物ってはじめてだったけど、まさに自画自賛な出来ばえよ」とニコニコしていた。

「あんこちゃん、ありがとうございます」と言うのがやっと、涙と鼻水がものすごいことになってしまった。

「エヘへ、袖で拭いてやれ」

と着ている服の袖で拭こうとしたら、安子さんがかわいい花柄のハンカチを渡してくれた。

「子供じゃないんだから、袖で拭かない」と母親のような口調になっていた。

「今日はどうもありがとうございましたっす」

コンタさんがいつ声をかけたらいいのか悩んでいたみたいだった。

「こちらこそ騒がしくってすまんな」

酔っているのか顔を真っ赤にしてボスがお礼を言った。

「とんでもないっすよ、確かにコトリちゃんは最強だったっすね、センパイの新たな一面を見ることができたし、まいどありっすよ」

「あのなぁ、安子君にも言ったんだが、今日は酒の席ということで、口チャックな、頼むよ」

かなりテレている。

「えーっ、私、寝てしまったから何があったか見れてない。あんこちゃん何かあったの?」

と残念がっている。

「タマゴ焼き」と言ったとたんにボスが、

「おーっと、店の入り口で立ち話もなんだろうから、とにかく帰ろう。コンタごちそうさま、また来るよ。おやすみ」と早口で言いながら、お店の外にやっと出た。

「そうそう、ボスから贈り物ってないのかしら、それともタマゴ」安子さんは案外しつっこいのである。

「贈り物なんていいですよ、私は、いつも親切にしていただいてますし」

「ボクこそ気がきかず申し訳ない。次には用意しておくので何か欲しい物があれば」

伊織は、かなり遠慮していたみたいだったが、ボスの言葉に乗ってしまった。

「あのね、チュウ」

えっ？　ボスと安子さんが顔を見合わせて驚いていた。

「そんなにびっくりされてもって、人の話は最後まで聞いてくださいよー、チュウチュウちゃんのぬいぐるみ」

「お前さん、あんなにたくさんぬいぐるみがあるのにまだいるのか」

「だってー、チュウチュウちゃんのはレアだし、私、子年だから、お守りがわりに持っておきたいのです」

「はい、了解しました、探しておきます、コトリ君」

つまらない答えに、安子さんはすっかり酔いが醒めてしまった。

ふっと空を見上げた伊織に、星たちが我先にと輝きだした。

「さてボクたちも帰るとしますか？　ところで明日もカウンセリングがあるので、コトリは今夜は眠剤を飲まないようにな」

「はーい」

と返事をしたものの、夜空に広がる星たちに気を取られ、ボスの言葉は耳を素通りしていた。

# 大森　羊子（パワハラ）

伊織は朝霜の、サクッサクッという音を楽しむかのように、白い息を吐きながら、わざと遠回りをしてやってきた。

「おはようございまーす」と言いながら、ストーブのそばへ駆け寄った。

「コトリちゃんおはよう、すっかり寒くなっちゃったわねえ」

安子さんは、一足早く来ていて、ストーブの準備をしていたのだが、間に合わなかったみたいだった。

「そうですよね、ついこの間まで暑い、暑いって言ってたのがウソみたいですよね」

「本当、一年って早いわよね。早過ぎだわ、やってられないわって感じ、うふふふ」

「お二人さん、また今朝も盛り上がってますなあ、おはよう」

「あっ、ボスおはようございます」いつものように二人の声が揃っていた。

「本当にお前さんたちは仲良いなあ。前世では姉妹だったりしてな、なーんて」

「えーっボスー、前世とか信じているのですか。案外ロマンティストなんですねえ」と、安子さんが笑う。

「ボクがロマンティストじゃおかしいか」

「あはは、おかしくはないけど、不思議な感じがしまーす」と続けざまに伊織が答えた。

「そーかあ、不思議なのか、人間ってのはたくさんの感情がある分、不思議なんだよ」と、わけのわからない説明をしていた。

「ところで安子君、正月はどうするんだ」

「はい、ええ、私はちょっと」

と言って、ボスを強引に給湯室の前に引っ張っていき、小声で話している。

「ボス、コトリちゃんの前でダメでしょ、お正月の話なんてしたら。全く思いやりがないと言うか、ロマンティストが聞いて呆れますよ」

「どうしてだ」

「露骨に実家に帰りますなんて言えないでしょう。デリカシーのカケラもないのかしら」

その様子を遠くから見ていた伊織は、ボスが安子さんに叱られているように見えた。

「おっと、まさに安子君の言う通りだった。ボクとしたことが申し訳なかった。で、お前さんはどうするんだ」

「はぁ、どうしようか悩んでるんですよ。ボスにカウンセリングをしてもらおうかしら、うふふ」

「そうだなあ」急に桜並木心療内科が静かになったが、やがて入り口のチャイムが鳴った。神の助けとばかりに安子さんが対応に出た。

「ボス、すみません、大森さんが来られました。日にちを間違えたそうです」

「今朝はボクは、他の人のカウンセリングがあるので、コトリー、ちょっといいか」

「はーいボス、なんでしょうか」

「大森さんが日にちを間違えて来られたんだ。パワハラの件になるが、お前さん出来るか」

「私は先に大森さんを案内して、カモのしたくをしておきますね」

と安子さんが急いで大森さんを、三番目の部屋へ案内した。

「はい、パワハラでもカワハラでも、どんと来い来い池の鯉ってやつですよ、あっはっはっ」

とやけに大きな声で叫んでいた。

「あっはは、お前さんといると笑いが絶えないなあ」

と、つい愛しそうな顔をして伊織を見てしまった。

「ボス、きもち悪い顔で見ないでくださいよー」

「き、き、きもち悪いだとー」

今度はボスの声が大きく響いてしまった。安子さんがクスクス笑いながら近づいてきた。

「入室していただきましたが、お二人の会話が丸聞こえだったので、大森さんと笑ってしまいました。コトリちゃん、カウンセリングがやりにくくなっちゃったわねえ」

と安子さんが笑いながら言った。

「あっ、カモはすぐ持っていくわね」

と言い足して、給湯室へ行ったが、まだ笑っていた。

「じゃあ行ってきます。ボスあんまり変な顔しないでくださいね、思い出して笑いそうになるので」

「お、おう、お前さんにはかなわないなぁ」

伊織はふーっと息を吐いて、ドアをノックして静かに中へ入ってきた。

「お待たせしました。本日、大森さんのカウンセリングを担当させていただきます、タカナシイオリと申します」

と、ネームホルダーを見せて挨拶の続きをしようとした時に、

「えっ、あれー、コトリアソブって書いてますよ」と、大森さんが声を出した。

「あぁ、そうなんですよ、コトリアソブって漢字で書いて、タカナシと読むんです、それでこの鷹山先生がコトリって呼ぶので、皆さんもいつの間にか、コトリって呼んでくださるんですよ」

「そうでしたか、じゃあ私もコトリ先生って呼びます。あっ、はじめまして、私は大森羊子（おおもりようこ）と申します。どうぞよろしくお願い致します」

と言いながら笑いだした。

「コトリ先生ってもしかして天然でしょ、私も天然って言われることありますが、コトリ先生ってスーパー天然みたいですよね、先ほどの会話が丸聞こえですっごくおもしろかったです、だから今、真面目な顔して話されていても、ギャップが、あっはは－」

まだ笑っている、そこへ安子さんが、カモミールティーを持ってきたが、大森さんが笑っている顔を見て、また笑い出しそうになったので、急いで部屋から出ていった。

「カモミールティーです、どうぞ」とかわりに伊織が言った。

「笑うって健康にとっても良いんですよ」と開き直ったように言う。

「そうですよね、毎日笑って過ごせたらステキですよね」

と大森さんの表情が暗くなってしまった。

「それじゃあ、カモミールティーを飲みながら、カウンセリングをはじめましょうか」

「はい、うわっ、このカモミールティー、すっごくおいしいです」

「そうでしょ、この庭で咲いた花を受付の黒田さんが上手に作ってくれるのです。すごく助かってます。カモミールティーは精神安定にもなるし、夜、寝る前に飲むと良いそうですよ」

「へぇー、そうなんですかー、コトリ先生はリラックスのことも詳しいですか？」

「はい、一応心理と名がつくものは全て資格を持っていますので。マインドフルネスも効果がありますよ」

「じゃあそれも教えてください」

「はい、わかりました、それと、そうそう、カラーセラピーってわかりますか」

「色の何かですか？」

「はい、自分の好きな色にどんな特徴があるかとか、この色を使うと感情の変化が見えたりして、おもしろいんですよ。インテリアや食べ物の効果もわかるんですよ」

「うわー、それは楽しそうですね」

「はい、これはあとまわしでということで、まずカウンセラーの守秘義務の説明をさせていただきますね」

「はい」

「氏名、個人情報、ご相談内容は決して口外せず、こちらで大切に保管します。ただし自殺や」

と言いかけた時、大森さんが喋り出した。

「えーっ自殺ですか、自殺なんてしませんよー。痛そうじゃないですかー」

「ですよねぇ、確かに痛そうですねぇ、ってこれは説明なので」

「あっすみません、私は痛いのが苦手なのでつい」と舌を小さく出した。

「えっと、犯罪が」と言いかけた時、また大森さんが喋り出した。

「犯罪が関係あるのですか。私は犯罪なんてしませんよ」

「そうですよね、一応カウンセリングの説明なので、すみません、犯罪もいけないですよね」

「そう、そうですよね」

伊織は気をとりなおして、

「それで本日は、まずパワハラのお悩み事をお話ししてください」

大森さんは「はい」と、ひとことだけ返事をしたが、今までの元気がなくなってしまったみたいだった。

「コトリ先生、今はネットの時代でしょ、自分なりに調べてみたのですが、やっぱりパワハラだと思うんです。毎日職場に行くのが辛くって、特にパワハラしてる上司の顔を見るのも嫌です」

「それはお辛いですね、大森さんはどのようなお仕事をされていらっしゃるのですか。答えたくなければスルーしていただいてかまいません。不快に思われたら遠慮なく、おっしゃってください。カウンセラーはたくさんの情報の中で、どのようなカウンセリングをしたらいいかとかも考えなくてはいけないので」

「はい、仕事は事務職です。まだ新人扱いされてます。やりたい仕事もさせてもらえずお茶を入れたり、言われたことをしていますが、突然どんな内容か意味がわからないまま明日までに書類を作っておけと言われたのですが、他の社員はみんな先に帰ってしまい、質問すら出来なかったり、飲み会があっても私には声がかかりません。そして急に倉庫業務をさせられたり、みんなの前でどなったりするんです」話す声が、だんだんと泣き声のようになってきた。

「大森さん、泣きたい時は無理に我慢しないでいいんですよ。ここなら私だけだし」と気をきかせて告げた。

「コトリ先生は優しいですね、私は、パワハラのことを両親に話しましたが、お前が選んだ会社だろ、少しくらい我慢しなさいと叱られてしまいました。もちろん私が自分で選んだのですが、受かった時は両親も喜んでくれたのに、今は一人ぼっちって感じです」

「そうですか、それはかなり辛いですね」

「上司が急に私に、もう会社に来るな、と平気で言うんです。何かミスでもしたのかなって考えても思いつかないし、私って必要とされてないのかな、どうして採用されたんだろうって考えていると、どんどん辛くなって転職も考えているのですが、やっぱり希望していた会社だし、ここで役に立ちたいなって思っていますから、もう少し頑張ってみようかな……なんて」

「大森さん、今までたっくさん頑張ったじゃないですか。偉いですよ、そして勇気を出してここに来られてお話しされてほめてあげたいです」

「コトリ先生、嬉しい、ありがとう。それで、パソコンでパワハラについて調べてたら、六類型というのが出てきて読んでたら、どれも当たっているんですよね」

「そうですね、身体的な攻撃は、もう会社に来るなっていうのがそうですね」

「あ、あと丸めたポスターで頭を叩かれました」

「まあ、なんて残酷なことをするのかしらねえ、サイテー」

伊織はつい本音が出てしまった。

「あっ、すみません、で、次は、精神的な攻撃ですね、みんなの前で叱責というのがそうですね、これがエスカレートすると、長時間繰り返し執拗に叱ってきます」

「えー長時間なんてひどい。会社に叱られに行っているみたい、それ聞くと今後が不安です」

「あっ、すみません、怖い思いをさせてしまいました、ごめんなさい。えっと、ここからは、大森さんが調べられたと言われた、パワハラ六類型をだーっと言いますので、サラサラッと聞いててください。それで今後のことをご一緒に考えていきましょうね」

「はい、サラサラですね」大森さんが、くすっと笑った。

「じゃあいきますよー。人間関係からの切り離しとは、一人だけ別室に移されたり、強制的な自宅待機、飲み会に出席させないなどの行為です。次は、過大な要求ですね。新入社員で仕事のやり方がよくわからないのにもかかわらず、他人の仕事まで押しつける、えーっと次は過小な要求は、例えば運転手として雇われたのに草むしりをさせられるなど、本来とは全く違う仕事をさせられるわけです。大森さんも事務職なのに倉庫業務をさせられたって言われてましたよね。それで、最後が交際相手について執拗に問われたり、自分の妻や夫の悪口を社員の前で言うんですよ。何がおもしろいんでしょうかね、悲しくなってきます」

伊織は一気に喋り終えた。

「コトリ先生が悲しんでたらダメでしょう」

「あっ、それもそうですね」と笑った。

「ところで大森さん、セクハラは受けてないですよね？」

と真面目な顔になり聞いた。

「はい、それはないです、出来るだけ顔を見ないようにしてるし、絶対二人きりにならないように気をつけてますから、自分の身は自分で守らないとね」

「偉いですね、パワハラにセクハラが絡むと辛すぎますからね」

「それで精神面のほうは、いかがですか」

「はい、ありがとうございます。会社から帰ったら出来るだけ、あの上司のことは考えないようにしています」

「そうですね」

「ただね、テレビ見てて、あの上司に似たような人が出てきたら不愉快になってテレビを消します」

「ですよねぇ、家に帰ってまで上司の顔なんて見たくないですよねーって、カウンセラーがこんなことを口にしちゃいけないんですが」

「コトリ先生って、やっぱりおもしろいわ、癒やし系って言うのかなぁ。コトリ先生と喋ってたら時間が早く過ぎてしまう」

「大森さん、大丈夫ですよ。この桜並木心療内科は普通の心療内科と違っていて、クライアントさんが安心されるまでお話を聴くのですよ。一日一組というケースがほとんどです。他の心療内科などは、基本的には一時間とか決まってるでしょ、なかなか話せなかったクライアントさんが一時間経つと、時間ですって帰されちゃうでしょ。そうすると、家に帰ってからね、あぁ、また今日も上手に伝えられなかったって落ち込むんですよ。それって気の毒な気がして、ここの鷹山先生が普通じゃない心療内科にしたのです。だからご遠慮なく、とは言え、さすがに夜中までというのはありませんが」

「そうだったんですか、それでカモミールティーまでごちそうになったので、どこか喋りたい気持ちにさせられましたよ」

「そう言っていただいてありがとうございます。それでパワハラの件に戻りますが、人事課に相談されましたか？」

「えーっ、人事課ですか、なんだか告げ口してるみたいになりませんか」

大森さんが戸惑った顔つきになっている。

「相談先が人事課の担当者であれば、パワハラのことは詳しいと思いますからそれは、告げ口になりませんよ。一度人事課に相談してみてはどうですか。それで自宅待機という案も相談されてみては。人事課も社内全員の行動を把握しているわけではないでしょうし、現実にそういう問題があるなら水面下で調べてくれると思うのですが。しっかりとした会社であれば、必ずなんらかの結果は出してくれるはずです。もしも自宅待機が可能になれば、それまで上司に何を言われたとかノートに書いておくと人事課の人との話し合いの時にスムースに事が運ぶと思います。すでに社員の前で大声で叱った等は証拠になるんですが」

「そうですか、ただ私が叱られてても誰も助けてくれなかったから」

「そうですね、ほかの皆さんもその上司が怖かったのでしょうか。子供のイジメみたいですね。ヘタにかばうと次は自分が、って思うのでしょうか、同じ人間なのに、やり切れませんね」

伊織は泣きそうになってしまった。

「コトリ先生、またー、カウンセラーが泣いちゃいけないでしょう、うふふ」

「あ、すみません。大森さんに慰められてばっかりで、どっちがカウンセラーなのかわかりませんね、あははは」

「確かに、あははは」

「あっ、そうだ、せめてリラックスの方法を勉強しておきましょうか」

「はい、嬉しいです」

「大森さんは、マインドフルネスという言葉、わかりますか?」

「うーん、イマイチわかりません」

「そうですか、じゃあ瞑想法はどうですか?」

「うーん、もっとわかりません」

「そうですか、また色々詳しい資料を作って、次に来られた時にお渡ししますよ。今日は呼吸法だけでも覚えてください、短時間でどこでも出来ますので。それでは、はじめますね。
一、口を閉じて四つ数えながら鼻だけで息を吸い込む
二、七つ数えながら息を止める
三、八つ数えながら息をゆっくり吐き切る
この三（サン）ステップを一（イチ）サイクルとして、三回繰り返します。最初のうちは呼吸に集中出来なかったり、呼吸が苦しくなったりしてしまうことがあるかもしれませんが、続けていくにつれて自然に出来るようになりますよ。これは別名四―七―八呼吸法と言います」

するとと、大森さんが悩みながらやりはじめた。

「コトリ先生、よくわからなーい」とハアハアしていた。

「これも紙に書いてお渡ししますね」

「はい、お願いしまーす」大森さんはまだ、ゼーゼーしていた。

「あっ大森さん、無理してしなくってもいいですよ。それじゃあ眠る前におススメのお飲み物からですが、これも次回、資料と一緒にお渡し致しますから、ササーっと聞いててくださいね、カモミールティーです、後は神経を休める香りは、カモミールとレモングラスです、緊張緩和、鎮静効果の香りが、ラベンダー、マジョラムになります。次に食べ物ですが、バナナはお好きですか？」

「んー、好きってほどではないのですが、バナナがどうかしたのですか」

「バナナも安眠効果になるんですよ、安眠効果と言えば、朝起きてすぐ日光に当たるのが良いそうです、あっ、バナナは整腸作用があり花粉症の時も良いそうです、一日一本いいですよ」

「コトリ先生ってやけにバナナにこだわるんですね、あはは」

「はいー、私ね、バナナ大好きなので。余談になってしまいました。さて次は、パイナップル、レモン、じゃがいも、とうもろこし、これらが神経を安定させてくれます」

「へぇー、お料理教室みたい」

「お次は、ついでにインテリアの部です、緑色は調和・バランス・安定・安心・リラックスです、ブルー系が同じくリラックスと呼吸を楽にしてくれます、今日の大森さんのファッションはグリーン系ですね」

「そうそう、コトリ先生、私ね、グリーンが好きなの、クツとバッグもほら」

と言って嬉しそうに伊織に見せた。

「大森さん、とってもオシャレですね、緑に囲まれての生活なんですね」

「それがねー、寝室のカーテンが真っ赤なんですよね」

「えーっ、確か赤はやる気を起こさせる色ですが、ちょっと落ちつかないでしょ。脳神経を休ませてくれるのは、ロイヤルブルーとパープルです」

「へぇー、じゃあこの際思い切ってカーテンの色をパープルに変えますよ、あはは」

「いきなり全部というのも大変でしょ」

「いやぁ私、思い立ったらってタイプなんで、帰ったらさっそくカーテン買いに行ってきまーす。あっ、写真撮ってきますから見てくださいね」

「もちろんですよ、パワハラのその後も知りたいので、またお越しくださいね」

「あっ忘れてた。そうですね、あははは」

「一番大切なことですからね」

「コトリ先生、次はノート持ってきてもいいですか、忘れっぽいので」

「はい、かまいませんが、今日のことは詳しく資料を作ってお渡ししますから、安心してください」

と伊織が話しているが、全く聞いていない様子だった。

「えーっと、カーテンね、あっバナナだ、パープルよね、コトリ先生、次回は全身パープルにしてきます。ついでに髪もパープルにしようかしら。今日はありがとうございました、ものすごく元気出ました、あはは」

と笑いながら出口から力強い足どりで帰っていった。

チラチラと弱々しく粉雪が降ってきた。

「うわー、初雪だー、一番に当たったかなー。あっ、願い事忘れたー」その声を聞きつけ、

「コトリちゃん、お疲れさま、あら初雪だわ、一番に当たったの?」と安子さんがやってきた。

「それが、一番かどうかわからずに、しかも願い事も忘れてしまって、トホホホ」

「まあいいじゃないの、つもると嬉しいんでしょ」

「はーい、雪だるま作りたいでーす」

「お二人さん、お疲れさま」とボスが寒そうに外に出てきた。

「初雪かー、一番に当たったのか？」

「そういう気がしたのですが、願い事を忘れてました。だけどまた来年もありますから」

「コトリちゃん、ずいぶん成長したわね。コンドルにはならないでね」

安子さんが笑う。

「そんなー、なりませんよ」

と言いながら降っては消えてゆく雪をいつまでも眺めていた。

水仙たちが初雪に驚いた様子で、寒いねって言いながら頬を寄せ合っていた。

# お姫様抱っこと、年始のハプニング

「ボス、ちょっと」と安子さんが伊織のスキを見て受付に呼んだ。

「なんだ」

「なんだじゃなくって、朝の続き、お正月の件でしょ？」

「おお、そうだったな、安子君の言う通りだなあ。実家に帰りますなんてコトリの前で言うと、あいつのことだから悲しむだろうな」

「でしょう。それにコトリちゃんを一人で置いていくとなると、食事のことが気になってしまって」

「安子君、すっかりコトリのお母さんになっているなぁ、あっははは」

「ボス、大きい声出すと、コトリちゃんに聞こえちゃいますよ」

「おっと、そうだったな」と、辺りを見渡して小声に変えた。

「ボクも、妹の墓参りを兼ねて実家に顔を出そうと思っていたんだが、コトリを一人にして行ってしまうのが心配でたまらないんだよ」

「はい、ボスの気持ちコトリ知らずってとこでしょうかね」

と、安子さんがニヤニヤして言った。

「バカヤロー、何言ってんだー」

顔を真っ赤にして思いっきり大声を出してしまったボス。

「うーん、残念、今回の雪はつもりそうにないですねー」

と、あたりを見ると誰もいなくなっていた。冬になると極度に一人になるのが怖くなってい
た伊織は急いで室内へ入った。

「あれー、二人で何を話しているのですか。ボス顔が赤いですよー、まさかお酒飲んじゃった
の」という伊織の言葉に安子さんが、

「それはこれからよ、今夜ね、久し振りにコンタさんのところへみんなで行きましょう、って
話してたのよねー、ボス」

「そっ、そっそうなんだよ。こういう寒い日は飲むに限るよな、なんてな」

ボスも上手に話を合わせた。さすが心理士。

「何かの記念日ですか？」と伊織が不思議そうにボスに尋ねた。

「記念日じゃなくっても、寒かったら飲むとか、暑かったら飲むとか、理由をいちいちつけち
ゃあ飲みにいくんだな、あっはっは。で、お前さんはどうするよ」

伊織が絶対に行くと言うのをわかっていて聞いた。

「もっちろん行きますよ、一人は嫌だし、べっぴんさんと、甘いのが待っているので」

と伊織が心情を織り込んで答えていた。ボスはあの時の光景を思い出したのか、またまた顔を赤くした。続いて安子さんが笑い出した。

「えっ、べっぴんさんのタマゴ焼きっていう名前じゃなかったんですか？」

伊織が真面目な顔をして答えている。

「いっいやー、それでいいんだがね、コトリ、あんまり飲むなよ、何をするかわからないからなあ」

「えっ、この前、私、何かしたの、あんこちゃん」

と、安子さんに聞いている。

「私、知らないし、見ざる、言わざる、聞かざるかしら。うふふ」

飲みにいくことが決まると食事が楽しみになる安子さん。頭の中はすでに居酒屋でいっぱいになっていた。

先生と名のつく者もつかない者も走り回り、忙しそうにしている冬まっただ中。

「へーい、いらっしゃーい」

と、コンタさんの元気な声が、店内の炭火のパチパチッという音と同化していた。

「おっ、今夜も両手に花っすね、センパイ」

「こんばんはー」安子さんと伊織の声も揃っていた。

「こんばんはー、最強が来たっすね」と笑っていた。

「最強ですまんな、コンタ、ちょっといいか」

と、ボスがコンタさんを店の隅に呼んで何やら小声で話をしている。

「あんこちゃん、ボスに何かあったのかなあ」と心配そうに聞いた。

「さぁ気にしない、気にしない、コトリちゃん、こっちに座ろうよ」と伊織を引っ張って座らせた。

「ってなわけで、コンタよろしくな」

「了解っす」と、コンタさんが返事をしたところで、ボスが二人のところへやってきた。

「おっと、待たせたかな、スマンスマン、とりあえず飲み物を注文するか」

「はい、私はいつものので」と安子さんが言ったのに続いて、

「はーい、私はこの前の甘いのがいいです」と伊織が答えた。

「おいおい、あんまり飲み過ぎるなよ」とボスが顔を赤くして言っている。

「あーっ、もしかして、もう飲んだのですか、あっ、さっき、コンタさんとコソコソしている時でしょ、ボスに何かあったのかと心配してたのに損しちゃった」

「心配してくれてたのか、スマンな。実は新しい酒の試飲を頼まれててな、ちょいと飲んでたんだよ、あっはっは」

「あら、いいわね、私もその新しいのにしてもらおうかしら」

と安子さんが羨ましそうに言った。

「その酒はだな、来月から店に入るそうだ。また次の機会だな」

ウソも方便と言うが、こういう優しいウソならいいだろうと、ボスは一人で納得していた。

「へーい、お待ちーっ、センパイと安子さんがコレで、コトリちゃんが甘いのっすね」

とグラスをみんなの前に置いた。伊織が気をきかせて大きな声で、

「カンパーイ」と言った。

「おい、なんに乾杯だ」と、ボスが聞いた。

「わからないけど」と言う伊織に、

「そうね、なんでもいいじゃない、カンパーイ」

と安子さんは早く飲みたいらしく、そう言うとグビリ、グビリと飲みはじめた。

「今日は鬼がいても絶対食べるわよ、馬刺し」と言って伊織を見てニターッとした。

「そうだな、ボクは刺身の盛り合わせな。おっと、頭はどかしておいてくれ」

「へい、了解っす。それでコトリちゃんはべっぴんさんで良かったっすよね?」

「はーい、べっぴんさんで、うふふふ」

「コトリもずいぶんと、この店に馴染んできたよなあ」

「そうねえ、あのタマゴ焼きが今では、べっぴんさんって名前に変わったんですもんねぇ」

「ふぁーい、コンタさん優しいし、たくさんのキツネさんに囲まれて嬉しいでーす」

一杯目を早々に飲み干して、二杯目を注文しようとした時にコンタさんがコトリに手招きして、

「コトリちゃんちょっといいっすかー」と叫んでいた。

「ほら、コトリちゃん呼ばれてるわよ、何かしらねえ、行ってあげなさいよ」

と安子さんがわざと気になる様子で言う。

「そうだな、コトリ、たまにはコンタの話も聴いてあげてくれないか」

「はい、ボスがそう言うなら行ってきますが、私を置いて帰らないでくださいね」

と、不安そうに言う。

「そんなことしないよ、ここで待っているから、大丈夫だ」

と念を押した。ボスが伊織に見えないように、コンタさんに、スマンと頭を下げていた。

「何かご用でございますか？」

と少々酔いが回ってきた伊織がそう言いながら、コンタさんのいる前のカウンター席に座った。

「その前にもう一杯お願い、ボスがいるとうるさくって飲めないのよー。それを飲んでから話は聞きまーす」と掌をグーにして突き上げた。

「じゃあ、センパイにはナイショっつうことで今持ってきますっす。トホホ……」

やがて伊織の前に二杯目が置かれた、それをまさかの一気飲みしてしまった。

「コトリちゃん大丈夫っすか」と恐る恐るコンタさんが聞いてきた。

「わらわは問題ない、してお主は誰じゃ」

コンタさんはぷっと吹き出したが、おもしろそうなので話を合わせようと思った。

「ははーっ、それがしはしがない老人でござる。姫様こそ、何ゆえこちらに」

と笑いをこらえて話しを続けた。

「おぬし、わらわが姫と見破るとは、ただ者ではないのお。今日はお忍びで参ったのだが」

伊織の最強ぶりにコンタさんも調子に乗ってきた。

「やはり姫様でござりましたか。お忍びでもどこか凛とされた風貌に、つい見とれてしまい申した」

「そーか、お主も見る目があるのぉ。わらわに話があると聞いたが、ささ、もっとちこー寄れ、それから、わらわに飲み物を持ってきておくれ」

「ははーっ、よろしいのですか、三杯目になりやすが、叱られちゃいますがね」

とコンタさんは焦っていたが、センパイのほうを見ると、話を伸ばせと合図している。

「姫様、お飲み物でござりまする」とシブシブ三杯目を出した。

「姫様、何か召し上がらないと酔いが」とコンタさんの心配をよそに、

「お主はこの姫にそのような口を」と言いかけて、伊織は少しずつ飲んだ。

「して、お前さんの話とはなんぞ、この姫に出来ぬことはない」

「ははー、実は好きな人が」続きを言おうとしたが、

「なんと、この姫の他に好きな人が出来ただと」と言ってタマゴ焼きをほおばった。

「好きな人かぁー」といつの間にか普通に戻っていた。

「あっ、まだ気持ちが言えてないっす。恥ずかしくて言えないっす」

「そうなんですか。それでコンタさんはこれからどうされたいのですか」

と伊織は急にカウンセラーに戻った。

「その人と友達になりたいっす」

と言いながら、またセンパイのほうをチラチラ見たが相変わらず話を伸ばせと合図される。

「お友達になりたいんですね。コンタさんって案外シャイですね、あっ、すみません」

と慌てて飲み物を飲む。

「たぶんそうっすね、シャイって言うよりロマンティストかもしれないっす。へへへ」

「へぇー、ボスも自分のことをロマンティストって言ってましたよ」

「センパイが自分で言ったんすか、あはは。学生時代は面倒見が良かったっす。人気はあったっすが、ロマンティストねぇ」

「へぇー」伊織は今のボスのことしか知らないのでなんだか不思議と懐かしい気持ちになった。

「それでコンタさんも面倒を見てもらってたんですね。良い人に巡りあえましたね」

と言いながら空いたグラスをコンタさんに見せて、ニコニコしている。

「えっ、四杯目を飲むんすっか？」

　と、さすがにコンタさんは驚いた。

「そうそう、コトリちゃんは野菜ならなんでも食べられるんすか、ヤマイモのお好み焼き、うまいんすよ、作りましょうか？」

「へぇーっ、ヤマイモでお好み焼きが作れるの、すごーい、ねぇねぇ、作っているところを見せてもらってもいいですか」

「姫様のお頼みとありゃあ、嫌とは言えないっす」

　ボスがとにかく引き伸ばせと合図ばかりするので、コンタさんは伊織の言うままに厨房の中に入れた。

「んあーっ、わらわが自分で作ってみとうなり申した。お主、わらわに作り方を教えてたもれもれもれ」

　ついに四杯目を口にして伊織は壊れてきた。

「たもれって申されても熱いっすよ」

「お主、姫に逆らうのか、反逆罪で使いの者に、ひっ捕らえさせるぞよ。まあ、そちの気持ちもわからんではないが」

　と、ついに四杯目が終わろうとした時に、コンタさんが困り果てたのを見かねてボスがやってきた。

「お前さん、そこで何しているんだ」

「へい」と、コンタさんが返事をした。

「いや、コンタじゃなくってコトリのほうだよ」

「おお、よくここがわかり申したなぁ、わらわを探してこんなところまで辿り着くとは、お主もなかなか腕の立つ武将でござるなあ。ぬわっはっは。してお主は何者じゃ」

「コンタ、変な物飲ませたのか、こいつおかしいぞ」

「それがっすね、実は四杯目なんすよ、えーっと何杯目かまでは普通に喋ってたんすが、今夜はどこかのお姫様になっているらしくて、口調がおもしろくってつい相手をしていたんすが、もう止められなくって、センパイもうギブっす、コトリちゃん放していいっすか」

「あっ、すまなかったな。こっちの話はだいたい終わったので、ありがとな、ほら、コトリ、向こうに戻るぞ、歩けるか」

「これ、そこの武将とやら、やけになれなれしいぞ。姫にその口のきき方はあるまい」

「もうしょうがないやつだなあ、ははーっ姫様、大変ご無礼致しました。私としたことが、お許しください」

「お主がそこまで言うなら許さなくもないが、おおそうじゃ、わらわはもう歩けぬ。お主が抱いて向こうとやらまで連れていくと言うなら考えてもいいが、さあ、どうするぞ」

「ははーっ、仰せの通り、姫様、ご無礼仕る」

と言うなり、伊織を抱きかかえた。

遠くから二人の様子を見ていた安子さんは驚きのあまり飲み物を吹き出した。近くで見ていたコンタさんは、ヤマイモ焼きを焦がしてしまった。またこの話題がお店の伝説になってしまったのは言うまでもないが、ヤマイモ焼きがいつしか抱っこ焼きとメニュー名までも変わった。

「さあ姫様、少々手狭でござりまするが、こちらへお座りくださいませ」

と、ボスが安子さんの席に戻ったとたんに伊織は眠ってしまった。

「ボス、何、何、今回はお姫様抱っこって、まさに隅に置けないわねぇ、あははは」

安子さんはニヤニヤしている。

「こいつ、自分がお姫様になっていたらしくコンタにずいぶん迷惑かけてたみたいだった。ヘタに逆らってダダっ子になっちゃコンタに悪いだろ。だから言われるままに抱っこして連れてきたってわけさ」

「あらぁ、ボス、人のせいにしちゃいけなかったんじゃなかったですか」

安子さんはここぞとばかり食い下がっていた。

「確かにそうだが」

ボスの顔が真っ赤になってきた。安子さんのニタニタは止まらない。

「で、抱っこした感触はどうでした」とあえて意地悪な質問をしてきた。

「もうかんべんしてくれよー」とボスがやたらにテレていた。

「今回はこれくらいにしておきましょうか、こみ入った話で、コトリちゃんを野放しにしてたのも悪かったしね、コンタさんにも迷惑かけちゃったみたいだし、抱っこが予想外だったけど、あははは」

「まあ、コンタのおかげでゆっくりと打ち合わせが出来て、コンタに感謝だな」

「あら、抱っこが一番嬉しかったりして」

安子さんはいつも、しつこかった。コンタさんもずっとニヤニヤしていた。

「安子君、抱っこのことは忘れてだな、年始の件はよろしくたのみます」

「はい、ボスのほうこそ慌ただしいでしょうが、よろしくお願いしますね」

「じゃあコトリを起こして帰るとしますか。おい、コトリ帰るぞ、いつまで寝ているんだ、置いてくぞ」

と言いながら伊織を揺り起こした。伊織は置いていくぞという言葉が嫌いらしく、すくっと起きた。

「置いていかないで」と小声でつぶやいたかと思うと、

「あっ、また寝てしまった」と大声で叫んだ。

「どこから寝たんだろう。ふぁー、ぐっすり寝ちゃったー、お酒飲むと眠くなるのかなぁー。あっお話ってなんだったんですか、寝てしまってすみません」

と、ひたすら謝っているが、抱っこのことは覚えていなかったようだ。もちろん自分がお姫様になっていたことも。

「さて帰りますか。コンタ、今夜も騒がしくしてすまんな」

「えー、ボス騒いじゃったの、それはすみませんでした。ボスってお酒が入ると賑やかになっちゃうでしょ、コンタさん、ごめんなさい」

と伊織が他人事のように謝った。

「あはは、コンタさん、次は静かに飲ませますから、お世話になりました」と、安子さんが笑いながらこたえていた。

そして伊織には聞こえないように、よいお年をと耳元で囁いた。

「いやー、今夜もおもしろかったっすよ、いつも変わったことされるんすね」

と伊織を見てコンタさんは笑っていたが、伊織は我関せずなのか星を見ていた。

伊織に見られていると思った星たちは一生懸命輝き出し、夜空が冬銀河となった。

「あっ、流れ星」と伊織がつぶやいたが、すでに流れて消えていった。

「さあ帰ろうか」

「コトリちゃん歩けるの？」と、安子さんが笑いながら聞いている。

「なんでですか、ほら、歩いているじゃないですか。あんこちゃん、おもしろいこと言うんだから。あっ心配してくれているのですね、ありがとうございます」

と、伊織が丁寧にお礼を言っていた。ボスは大きく咳払いをしていた。

「あはは、おやすみなさーい、私も流れ星見れなかったわ」と残念がるわりに顔が相変わらずニヤニヤしていた。

冷たい雨がいつ雪に変わろうかとコソコソ相談している中、桜並木心療内科では、大掃除がはじまっていた。

「お二人さん、ちょいと手を休めて、ここへ来てくれないかー」とボスが叫んでいた。

「はーい」と相変わらず二人の声が揃ってやってきた。

「休診の日のことだが」と、あえてボスは伊織に気をつかって、正月という言葉を使わなかった。伊織は自分の両親が亡くなってからは時が止まったかのように、誕生日はおろか、クリスマスという言葉にさえも怯えてしまうようになっていた。

「安子君は久し振りの休みに、同窓会があるそうで、玉の輿狙いついでに出席するそうだ」

「はい、玉の輿を見つけて、二、三日したら戻ります」

伊織はニコニコした顔で聞いている。

「それでボクは恩師に呼ばれて、朝からでかけてその日、暗くならないうちにここへ帰ってこようと思っている」

伊織は相変わらずニコニコした顔をしている。

「ボスは日帰りなんだ、よかったー」と言って笑顔になった。

「コトリは、繭美(まゆみ)さんのところへ遊びにいくんだったよな、暗くならないうちに帰ってくるんだぞ」

「はーい、夜はボスと二人で夕食ですね」

「私が作り置きしておくから温めて食べてね」

「はい、いつもありがとうございます」

とずっとニコニコしていた。安子さんがボスを引っ張って、また給湯室へ連れていく。

「コトリちゃん、ニコニコしてて安心したわ」と言った。

「そう見えるがな、あいつは統合失調症が最近酷くなってな。嬉しくないのに笑ったり、泣きたいのに笑ったり、状況にそぐわない感情反応をしているんだよ。特に十二月が酷過ぎるな、かわいそうに」

「あらやだ、私なんにもわからなくて、かわいそうに。じゃあ私も玉の輿は次回にして欠席しましょうか?」

「いや、安子君は久し振りの実家だろ、ゆっくりしてくればいいさ。なんだか安子君まで巻き込んでしまって申し訳ないなぁ」

「ボス、気にしないでくださいよ、私だって、ボスと同じくらいコトリちゃんのこと大好きですからね」またボスの顔が赤くなった。

「ここにいたのですかー、何二人で話してたの、探しましたよ」

と伊織が心配そうにやってきた。

「あ、食事の献立の話よ、偏食さんがいるものでね」とニッコリ笑った。

「私のことだ、いつもすみませーん」と、謝りながらもニコニコしていた。

ボスの言葉が心に刺さったのか、安子さんは涙が出そうになったのでさり気なく、

「向こうの窓を拭いてきまーす」と言いながら、その場を去った。

「コトリ、さっきも言ったが、ボクは暗くならないうちに帰ってくるから、お前さんも暗くならないうちに帰ってくるんだぞ」

「はい、ボスわかってますよ」と言ったものの、顔色が暗くなってきた。

「コトリ大丈夫かい、安子君はいないが、ボクと二人で晩ごはん食べような。お前さんが先に帰ってきたらどうするのだったかな?」

「はい、ごはんを温めてボスが帰ってきたら一緒に食べます。」

「そうだ偉いぞ、その日はコトリが料理長だな」

伊織が少し安心した顔つきになった。

やがて迎える、しばしの別れの日、安子さんは後ろ髪を引かれる思いで、

「じゃあ行ってきますね、コトリちゃん、お土産持って帰ってくるからね」とあえて明るく言った。

「お土産なんて要らないですよー、あんこちゃん絶対戻ってきてくださいね」

と、伊織が切なそうに言った。そして、ボスに、

「大丈夫ですよね、あんこちゃん戻ってきますよね？　帰ってきますよね？」

と念を押すように聞いた。

「ああ大丈夫だよ、二人で信じて待っていような、それでお前さんは、そろそろでかけるんだろ、繭美さん待っているぞ」

「やっぱり行くのやめようかな」とポツリと言った。

「お前さんのほうから行くって言ったんだろ。約束は守らないとダメじゃないかー」

「だって、私が出かけたらボスも出かけちゃうんでしょ」

「そうだよ、だけど暗くなる前に帰ってくるって言ったよな、忘れてないよな」

伊織は小さくうなずいた。

「約束はどうするんだったかな」

「守らないといけないです」と伊織は小声で言った。

「そうだな、コトリ偉いぞ、約束は守るもんだ」また伊織は小さくうなずいた。

「安子君が、繭美さんとコトリの分のお昼ごはん作ってくれているぞ。それを持って行ってきなさい、わかったかな？　それでどうするんだったかな？」

「はい、繭美さんと遊んで、ごはんを一緒に食べて、暗くならないうちに帰ってきて、えーっと、ごはんを温めて、ボスが戻るのを待っていればいいんですよね」

「そうだ、上出来だ、偉いぞ。じゃあ早く行ってきなさい」

伊織はボスにほめられたのが嬉しかったのか急いででかけていった。

雪雲たちが、夕方から吹雪くぞとザワザワ騒ぎはじめていた。

急な坂道も少し凍っていたが転ばないように落ちついて登っていった。

「藺美さーん、おはようございまーす」

庭先から大きな声で挨拶をした。

「おやまあ、コトリちゃん来てくれたのかい。そうそう、ちづちゃんも来ているんだよ、コトリちゃんが来るって言ったら、じゃあ私も行くわ、だって、あははは」

「そうなんですね」

「まぁ、とにかくここは寒いので、おこたにお入りなさい」

「あっ、千鶴さんが来られているのなら、お昼ごはんが足りないです。あんこちゃんがふたりぶんだけ作ってくれたので、どうしよう」

「コトリちゃん、心配しなくても大丈夫だよ、ちづちゃんが色々と作って持ってきてくれているからね」

「そうですか、よかったー、おじゃましまーす、あっ千鶴さん、おはようございます」

町内の人たちには、コトリに会ってもお正月の挨拶をしないようにと、ボスがお願いをして回っていた。もちろん嫌な顔をする人はいなかった。

「コトリちゃんおはよう、元気にしていたかい？」

「はい、ありがとうございます、千鶴さんはいかがですか？」

「あははは、今日はシニアピアじゃないから、フレンドリーっていうのかい、それで楽しく遊ぼうじゃないか」

「はいそうですね」

「じゃあさっそく、双六からはじめようかね。コトリちゃんは、双六って知らないんだろ？」

「はい」

「おや、そうかい、私たちの子供の頃は、遊びも限られてたよね。みんなで工夫しながら遊んだよね。そうそう、お手玉作ってきたよ」

「えっ、お手玉ですか？」

と聞いた伊織に、千鶴さんが手渡した。

「袋の中でジャラジャラ鳴ってますが」

と不思議そうにつまんでいる。

「それは、ジャラジャラ虫ってのが入っててさ」

と言ったとたんに、伊織がギャーと言って手を離した。

「もう、ちづちゃん、よしなよー、コトリちゃん怖がったじゃないか、ごめんよー」

「コトリちゃん、ごめんね、中身はこれなんだよ」と持ってきた小豆（あずき）を見せた。

「ひぇっ、何かの種ですか？」

「おやまあ、小豆を見たことがなかったのかい、おぜんざいやおはぎを作る時に使うだろ」

「はぁー、生で見たのはじめてです、いつもは、あんこちゃんがお料理してくれるから、あっあんこちゃん、玉の輿を狙うとか言ってました」

「玉の輿かい」と二人で笑っている。

「そうだ、コトリちゃん、お手玉作って遊ぶかい」

「はい」

「双六が先じゃなかったのかい、まあいいや、久し振りに作ろうか」

と繭美さんは奥から裁縫箱を持ってきた。

「布っ切れはたくさんあるから好きな色のを使うといいよ。それから縫いはじめるんだよ」

「えっ、糸と針でですよね」

「そうだ、糸と針で思い出したよ、繭美ちゃんも」と、二人で笑っていた。

「え、どうしたのですか？」と伊織が不思議そうに聞くと、

「コトリちゃんにお願いがあるのよね」と千鶴さんがうなずいている。

「あのね、近頃は、針の穴に糸が通しにくくなっちゃってさぁ、そこにある針にコトリちゃんの好きな色の糸でいいから通してくれないかい」と頼んできた。

「はい、糸を通すくらいなら出来ますよ」と返事をして驚いた。

「えっ、こんなに針があるの」と珍しそうに裁縫箱の中を触っていた。

「コトリちゃんはお裁縫しないのかい」と繭美さんに聞かれた。伊織はうなずいている。

「繭美ちゃん、最近の人は穴のあいた服を着ているだろ、わざわざ穴をあけるらしいよ。まったく変な感じだよね、昔は穴があいてたら恥ずかしかったのにねぇ」

「そうだよねぇ」

「私は穴があいたら着ませんよ」

「えっ、どうするんだい」と二人が聞いてきた。

「はっはい、捨てちゃいます」

「穴ぐらいで捨てちゃうのかい、もったいないねぇ」

「すみませーん、穴があったら入りたいでーす」と頭をかいていた。

「あっはは、そりゃあいいねぇ、次から穴があいたら持ってきなさい、つくろってあげるからね」

「つくろうですか？」

「おやおや、つくろうもわからないのかね」

「だね」と二人で顔を見合わせた。

「あっ、このブツブツになっている指輪はどうして裁縫箱にしまってあるの、大切な物なんですね」

「それはね、指抜きっていってね、別に大切とかではないのだけどね」

「えっ、指を抜く道具なんですか、怖いなあ」

「コトリちゃん、指抜きってのは、右手の中指にはめて、こうやって針を持って使うんだよ。そうすっと針が指に当たっても痛くないだろう」

「ほんとーだ、すごいー。それで、こっちのも針みたいだけど、かわいい玉がついている」

「きれいだろ、まち針って言うんだよ」

「へぇー、待つ針ですか?」

「あはは、毎回不思議な表現をするんだね、これは、布と布を合わせて縫う時に止めておく役目をするんだよ」と繭美さんが説明をした。

「コトリちゃん、お裁縫箱は持ってないのかい?」と千鶴さんが聞いた。

「はい、お裁縫って苦手で、時々、あんこちゃんに貸してもらうくらいです」

「そうかい、近頃の子は縫い物ってしないんだね、なんでもある時代だよねぇ」

と二人がしんみりとしてしまった。伊織は楽しいのか、一生懸命に縫っていたが、やがて大きな声で、

「出来たー」と叫んだ。

「はじめてにしちゃあ上出来じゃないか。じゃあさっそくやってみようかね」

と言いながら千鶴さんが何やら歌い出して、ほいほいとお手玉を上手に取っていく。繭美さ

んもとても上手に取っている。伊織も見様見真似ではじめてみるが、右手と左手のタイミングが合わない。

「いやだー出来ない」とブツブツと言い、悩みはじめてしまう。

「コトリちゃん、何だってすぐには出来ないもんだよ、コトリちゃんは、一生懸命勉強したから立派な心理カウンセラーになれただろ、最初っからなんでも出来る人なんていやしないんだよ」

伊織はほめてもらい、少し元気になった。

「あらまあもうこんな時間になっちゃったね、遅いお昼ごはんだけど食べようかね」

「はーい、何かお手伝いしましょうか」

「コトリちゃんはお客様だから、おこたに入って待っててね」

「はい、ありがとうございます、そういえば、お二人共、こたつのことを、おこたって言われてますがどうしてですか」

「そう言われたらそうだね、繭美ちゃんわかるかい」

「昔っからおこただったね」

「そうですか、あっそうだ、ぼうぼらってわかりますか」

「あははは、一馬さんだろ、最初に、ぼうぼらって言われた時は、さっぱりわからなくてね、おまけに大根が、でーこって言うのよね」

「でーこですか、かわいらしい」と笑った。

「ほら、おつけあったまったよ」

「えっ、これ、お味噌汁じゃないのですか、おつけって名前の飲み物ですか」

「そういえば昔っから、おつけだったね、コトリちゃん、お味噌汁のことよ」

「へぇー、不思議な響きですね、いただきまーす、あ、おつけおいしいです」

「今日は、お肉も魚もないからね、安心してお食べ」

「それにしても両方食べられないって大変だねぇ」

「いえ、別に大変と思ったことはないです、あんこちゃんも、メニューを考えなくていいから助かるわーって言ってくれます、それでもボスとメニューが違うからやっぱり大変かなあ、あっ、今何時だろう。ボスに暗くならないうちに帰ってくるように言われてて」

伊織は急に落ちつかなくなってきた。

「あまり遅くなってもいけないので、そろそろ帰らなきゃ」と、まだ食事中にもかかわらず心配ばかりが心の中に込み上げてきてしまった。繭美さんは伊織を引き止めようとしたが、千鶴さんは首を振った。

「コトリちゃんがそう言うなら、お開きにしようかね」

「後片付けもせずバタバタすみませんでした、今日はありがとうございました」

と言い残して坂道を一気に下っていった。

「そういうことだね、どうりでお見合い写真を見てもらえなかったわけだ」と繭美さんが笑いながら言った。

「おや、繭美ちゃんもかい？　私は鷹山先生用のも準備していたんだが、毎回見せようとすると逃げるように帰られたよ、あははは」

伊織の後を追うように小雪たちが散らついてきた。

「あー、暗くならないうちに帰れてよかったー、何してたんだなんてボスに叱られちゃうところだったわ。あれヒジが痛い、どこかでぶつけちゃったのかな」

と独り言を言いながら台所に入ると、慣れない手つきでゴソゴソと食器を出して並べた。

「いつもあんこちゃんがテキパキお料理してくれているから助かっているけど、私一人だとどうなっていたんだろう」

伊織は誰もいない部屋で急に淋しくなり泣き出しそうになったが、自分で出来ることはしておこうと、安子さんに言われていた通りごはんを温める準備に取りかかった。

冬というのは暗くなるのも早いものだが、伊織は、ボスの帰りがあまりに遅いと思い、時計を見たのだがまだ七時になる前だった。

「ボス、暗くならないうちに帰ってくるって言ったのに、外は真っ暗だよ。どうしちゃったの？　何かあったのかなぁ」

と、いつの間にか、いつも抱っこして寝ている、お気に入りのワン助のぬいぐるみに話しかけていた。

「ちょっとそこまで探しに行ってみようかな、ワン助はどう思う？　だけど行き違いになってもなぁ、ボスが帰ってきて、私がここにいないと心配するだろうし、あっ、あんこちゃんもいないし、どうしよう。誰もいなくなっちゃった」

突然、両親を亡くした日のことがフラッシュバックのように蘇ってしまった。

「ボスー、早く帰ってきてよー」

と涙声でワン助をぎゅーっと抱きしめている。

「そうだ、紙に書き置きして」

とあわてて紙と、エンピツを取りにいき、なぐり書きをして急いでドアを開けて外にでた。

外は生憎の大雪に変わっていた、そのせいで、ボスの車は渋滞に巻き込まれてしまったのだった。コトリが心配しているだろうなと気ばかり焦り、ハンドルを持つ手にも力が入ってしまう。

「コトリならきっと大丈夫だ、いや、待てよ、あいつ確か一人ぼっちが怖いって言ってたよな。まずいぞー、頼むコトリ、待っててくれよ、それにしてもこんな天気になってしまって」

と、ボスは独り言が大きくなっていた。

一方の伊織は、書き置きまでは落ちついていたが、クツを履かず飛び出してしまっていたのだ。すっかりパニックになっていた。とにかく辺りを探す。

「ボスー」と叫んでいるが、吹雪の音でそれもかき消されてしまった。夜道と涙とで前が見えなくなっていた。どれくらい走っただろう、居酒屋コンタの看板が目についた。コンタさんがいると思ったのか、ドアの前まで来たが、不幸にも休業となっていた。

「本当にみんな私を置いていってしまうの？　いやだー」と悲しみから絶望へと変わってしまう。

ボスはなんとか渋滞を抜け、家へ戻った。

「コトリー」と呼んだが、部屋の中から返事はなかった。

「あいつ、どこへ行ったんだ」と部屋中を探したが、伊織の姿はどこにもなかった。

ふっと何かに導かれるかのように、桜並木心療内科の裏庭へ行ってみた。何時間もそこで待っていたのか、かなり体に雪がつもっていてひなどりのようになって震えている伊織を見つけた。

「おい、コトリ、どうした」伊織はボスの声がどこか遠くから聞こえた気がした。

「コトリ」と、もう一度ボスが声をかけた。

「ボス」と言いたかったが言葉にならず、体につもった雪と一緒に立ち上がろうとした時、一瞬だったが真っ白い大きな鳥が、伊織の体から飛び去ったように見えた。伊織はそのままボスの胸の中に倒れ込んだ。ボスは急いで伊織を抱いて部屋へ急いだ。

「お前、心配させやがって、こんなに冷たくなっているじゃないか」

と声をかけるが返事がない。

「クツも履いてなかったのか」と靴下を脱がせて伊織の足を自分の両手で包み温めた。

「今、暖房点けるからな」と伊織に声をかけた時、

「ボス、お帰りなさい」と笑顔で答えた。

「お前、そこは笑顔じゃおかしいだろう、淋しかったんだろ」とボスが聞き直した時、

「わーっ」と伊織が大きな声で泣き出した。

ボスは冷たくなっている伊織をぎゅっと抱きしめて、

「こんなに冷たくなって、ボクの帰りが遅くなったから悪かったな。一人ぼっちが怖かったんだよな。それでもよく一人で我慢できたな、偉いぞ、コトリ。だけど約束通り帰ってきただろ、ごめんよ」

伊織はボスの胸の中で小さくうなずいた。

「ボス、帰ってきてくれて、約束守ってくれてありが……」

小さな声になりそのままぐったりとしてしまった。

「おいコトリ」と驚いて声をかけたが動かなくなってしまった。

「冷たい服を着たままだと、体力を消耗してしまうが、ボクが脱がせててコトリが急に目を覚ますと、ヘンタイとか言われそうだし」とこんな時でも顔が赤くなってしまった。

「とにかく落ちつこう」と自分に言い聞かせていた。

「そうだ毛布だ」と言いながら、あわてて毛布を取りにいき、

「やっぱり服は脱がせないとな」

と誰かに言っているつもりで、もう一度伊織に声をかけてみた。

「おい、コトリ」やはり返事がない。

「もう、しかたないなあ」と言いながら、背中を向けて服を引き上げようとした時、

「えっ、ボス」と伊織の意識が戻ってきてボスの手が自分の服をつかんでいることに気がついた。

「ボス、何しているの」まだ多少意味がわかっていなかった。

「そのだなぁ、言いにくいんだが、お前の服をだな、脱がせているところなんだが」

と顔を真っ赤にしてボスが説明していると、

「ボスのヘンタイ」とビンタが飛んだ。

「どうして服を脱がなきゃ」と伊織は自分の服を触って、はっとした。

「あっ私の服、冷たくってびしょびしょだ。どうしちゃったのかなあ」

「コトリ、ごめんな。ボクの帰りが遅くなってしまったから、お前さんがボクを探して」

と顔が赤いままで説明していた。

「あっそうだった、ボスに置いていかれちゃったんじゃないかと思って、あんこちゃんもいな

いし、コンタさんもいなかった、それで書き置きして探しにいったんです。見つかってよかった」とまた泣きそうになった。

「お前、コンタのところまで行ったのか。まったく無茶をして、バカヤロー。お前さんは、まだヒヨッコだ」と愛おしそうにつぶやいた。

「あっ、あの時の言葉だ」と伊織もつぶやいていた。

「書き置きには気付かなかったぞ、どこに置いたんだ」と伊織に聞いた。

「あわてていたけど、たぶんテーブルの上にあると思いますが」ボスが探しにいったがテーブルの上には何もなかった、ふと足元を見たらワン助がその紙を踏んでいた。

「なるほど、ワン助が犯人だったよ、あっはっは、それにしても、これなんて書いてあるんだ、何かの暗号かい」

「はーくしょん、いやー慌てて書いたので、あはは」

「お前さんの居場所くらい、どこにいてもわかるんだよ、ボクだけにはな」

「えーっ本当ですか、はーっくしょん」伊織に本当の笑顔が戻った。

「じゃあ、かくれんぼしても絶対見つけられちゃうんだ、ボスー寒くなってきました」

「いつまでも濡れている服、着ているからだよ、風邪引くぞ」

「じゃあボスが脱がせてくださいよー」と笑いながら言う。

「あはは、冗談ですよーっ。今、服脱ぐからボスはどこかに行っててください。あっそうだ、ついでにシャワー浴びてきます。ボスはその間、あんこちゃんが作ってくれたごはんを温めて待っててくださいね」

「お前なあ」

「はいー」と嬉しそうに笑った。

「まったくお前さんにはかなわないなー、しっかり温まるんだぞ、待っているからな」

「はーいボス、行ってきまーす」

「しかしあの時の白い鳥に見えたのはなんだったんだろうか、それにしてもコトリの体、あちこちにぶつけた痕があったが、痛いとか言ってなかったが、あれはここ数日のものだよなあ。まさかとは思うが、パラソムニアでなければいいのだが」と、ボスは不安になった。

お風呂場からきれいなコトリの歌声が聴こえてきた。いつしか吹雪も止み、シンシンとした綿雪にかわっていた。屋根の氷柱たちが伊織の歌に合わせて、ポトポトと落ちていった。

ボスは長い一日を終えて疲れたのか、それとも伊織の歌声に安心したのか、ごはんのしたくも忘れてテーブルに伏せて寝てしまった。夢を見ているのか、ふと「ユキミ」とつぶやいた。

「ボス、起きてよー」と伊織がシャワーを浴びて出てきていた。

「あっユキミって誰ですか？」と不思議そうに聞いたが、

「そんなこと言ってたか。それよりよく温まったのか」と逆に聞いてきた。

「髪がまだ濡れているじゃないか、風邪引くぞ」

「急いでたので、またみんないなくなっちゃうと思って」

「まだそんなことといっているのか、ドライヤー持ってくるから」と急いでドライヤーを取りにいき、

「お前さんはそこに座っていなさい」

「もうボス、一人で乾かせるから〜」と二人でドライヤーを取り合っていたが、ボスの力にはかなわず、髪を乾かしてもらう伊織に、

「お前さん髪伸びたなー」と意味不明なことをボスが言い出した。

「そうなんですよ、美容室が苦手なので、おかしいですか」

「いいや、おかしくないぞ、かわい」うっかりかわいいと言ってしまいそうな自分の言葉を飲んだ。

「かわいってなんですか？」とまた伊織に聞かれた。

「かわいってのはどこかの方言だったかな、長い髪って意味だったかなー、あっはっは」

「なーんだ、てっきり、かわいいって言ってくれるのかなーなんて思っちゃいましたよ。方言って不思議ですね」

「そうだな、すっかり遅くなったが安子君のごはんをいただこうか」

「あっ今夜は水いらずですね、繭美さんと、千鶴さんが言ってました」

「何を言ってんだー」とまたまた顔が赤くなってしまう。

「まったくあのお二人さんも変な言葉を教えたよなぁ」

「えっ、水いらずって、お料理を作らないって意味じゃないんですか？」

「おー、そうだった。水を使わなくってていいもんな」と、ボスは伊織の解釈に笑いが出そうになったがあえてそう答えた。

「コトリ、今夜ここで寝ていいか」と真面目な顔をして聞いてきた。

## 夢で遊ぶコトリと現実の真実

頬を薄紅色に染めた伊織は、ボスの突然の言葉に驚き、息をのんだ。

調子に乗った綿雪たちも降るのをぴたりと止めてしまった。

「えーっボス、どうかしちゃったんですか」

と伊織の大きな声に、屋根につもった雪が慌ててポトリと落ちた。

「それがなぁ、桜並木心療内科は今休みだろ、寒くってな、一人だと、こっこっ怖いんだ」

わざと大げさにボスが言った。

「そうですよね、ずっと誰もいなかったしって、ボスは怖がりなの?」と伊織がニタァーッと笑った。

「そっそう、そうなんだよ、寒い中に一人でいると怖くってね」と話を合わせた。

「まさか一緒に寝るとか言わないですよね」

「あっあったり前だろう、何言ってんだ」と言いながら顔が赤くなっている。

「なーんだ、残念、一緒に寝たいって言うと思ったのにねぇ」

と、ワン助をギュッと抱きしめながら話しかけて笑って言った。

「ほー、お前さんのほうこそ一緒に寝たかったのか、やけに残念がっているがな」

と今度はボスが反撃に出た。

「なっなっなにを言っているの、そんなこと言ってないみたいです」

と伊織の返事はわけのわからないものになっていた。

「まぁ、ボクはここのソファーで寝るから安心したまえ」と言い、簡単に寝支度をした。

「そんなところで寝て大丈夫ですか？」と伊織が心配して声をかけたが、ボスはすでに寝はじめていた。

「今日は色々とお世話になり、ありがとうございました。おやすみなさい」と言い、自分のベッドに入った。さすがに疲れたのか二人共スースーと寝はじめた。

ボスが何かの物音に気がついた。まるで人間が動いているようだった。

「やっぱりコトリか」とつぶやいた。

伊織は、ボスが思っていた通り、パラソムニア、つまり夢遊病になっていたのだった。みんなが出かけるということを知らされてから、伊織は毎晩、知らず知らずのうちに部屋の中を探す行為を繰り返していたのだ。

「ボスーどこにいるの、あんこちゃーん」

と言いながら壁にぶつかっては転び、一生懸命に探しているのだ。窓硝子に自分の姿が映り、それを安子さんだと思い叩こうとした時、ボスが止めた。

「コトリ、おい、しっかりしろ」

と、ボスは伊織を揺り起こそうとするのだが一向に目覚めず、ボスを振り切って尚も歩こうとしていた。

「コトリ、もう止めてくれよ、ボクはここにいるだろ？　現実を見ろ、コトリ頼む、起きてくれよ」そう言いながら伊織を抱きしめた。

「かわいそうなことをして悪かったな。ボクは、もうどこにも行かないから安心しなさい」

そう言うと、伊織を抱きかかえてベッドに寝かせると、ボスは伊織の手を握りしめ、ベッドのそばで伊織をみつめながら寝てしまった。

やがて外が明るくなり、朝日が一番輝く朝が来た。

「ふぁーっ、よく寝たー、えっ、ボスがここにいる、どうしたのかな」

まだ伊織の手を握ったままボスが寝ていた。夜中に何かあったのかなぁ、あっ、怖い夢を見たから、私に助けを求めてきたのかしらなどと色々考えていると、

「おっコトリ起きたか、おはよう」と言って、ふぁーっとあくびをした。

「ボス、おはようございます、手」と言って握った手を見ている。

「ボス、さては怖い夢でも見たのですか？」と伊織は恐る恐る尋ねた。

「そっ、そうなんだよ、とっても怖い夢でね」と真面目な顔をしてボスが言った。

「そんなに怖い夢だったの、じゃあ今夜は私の横で寝てもいいですよ」と、ニッコリ笑った。

「そうか、お前さんがそう言うなら、お言葉に甘えようかな。コトリは優しいな」

「エヘヘ……、それで今日はどうしますか。あんこちゃんは、まだ帰ってこないし」

「そうだなあ、お前さんはどうしたいんだ、どこも休みだしなぁ」

「ボス、私最近寝ているのだけど、ぐっすり眠れていないみたいで、ものすごく眠いので、もうひと眠りしてもいいですか？」

「そうだな、ごはんもあるし、なんだかボクも疲れたよ」と言いながら、伊織のベッドの横に布団を敷いたと思ったら、すっかり寝はじめてしまった二人。

外の世界は、二人の邪魔をしないように、やがて大きな雲が出て日射しをあえて遮った。

お昼を過ぎた頃だろうか、伊織がまたゴソゴソと動きはじめた。

「ボスーどこにいるのー、あんこちゃーん」

と言っているようだった。ボスがはっとして飛び起きて伊織を背中から抱きしめて、

「大丈夫だ、大丈夫だ」と言い、伊織をベッドまで運んで寝かせた。

「いつまで続くのだろうか、かわいそうに」とつぶやいた。ボスはこの件があってからというもの、ゆっくりと眠っていないらしく、ぐっすりと寝てしまった。伊織は一度起きて、ボスが横で寝ているのを見て安心したが、やはり自分が眠っている間にボスがいなくなるのではという不安も手伝ってか、ボスの布団にこっそり入った。さすがにボスは横でモゾモゾと動いてい

るのに気付かないわけがないが、わざと寝たふりをして伊織のほうへ寝返りを打った。そうして手を握った。

「ボス、また怖い夢を見ているのね。かわいそうに、私が布団に入ってあげて正解だったわね」とつぶやきながら、ボスの握った手を、両手で握り返した。二人の心臓の音が重なり、心地良い子守唄のように聞こえたのか、伊織は、ぐっすりと眠ってしまった。

安子さんは伊織のことが心配でたまらなかったのか、玉の輿どころではなく、早々に引き揚げて戻ってきた。

二人を驚かそうと思い、わざと勝手口から静かに入ったが、二人の姿はなかった。

「コトリちゃんに何かあったのかしら」と小声でつぶやき、心配になり寝室をそーっと開けてびっくりした。驚かせようと思ったはずの自分が、思わず、あっと言いそうになった。二人が抱き合ってぐっすり眠っているのを見て、何も見なかったことにしようと思い、心療内科のほうへと向かった。

ボスは何かの気配に気付いたのか、目が覚めてしまったが、伊織の寝顔につい見とれてしまいそのまま顔を赤くしていた。そうして、ぎゅっと抱きしめた。

「ボスー」と伊織の寝言が、なぜか妙に色っぽく聞こえた。

安子さんは心療内科の中で、二人の前にいつ現れたらいいのかと悩んでいた。それにしてもいつの間に、とニヤニヤしていた。

柱時計から三時を告げる木彫りの小鳥が顔を出して三回鳴いた。もうそろそろいいかしらと思い、今度は玄関から大きな声で叫ぶように、

「ただいま帰りました」と言い、

「いやぁ、玉の輿が全くいなくってね、なんだかつまらなくってね、寒いし、それで早目に帰ってきちゃったんだけど、あらー、台所がぐちゃぐちゃじゃないの、テーブルの上も散らかっているし、やっぱり私がいないと、あっそうそうお土産をね」

と、弾丸のように一人で喋っていた。

やがて寝室のドアが開き伊織が起きてきた。

「うわー、あんこちゃんだー、夢みたい、お帰りなさーい」と無邪気に後ろからしがみついた。

「もー、コトリちゃんどうしたの、いつもはそんな甘えん坊さんじゃないでしょ」と驚きながらも笑っていた。

ボスが遅れて寝室から気まずそうに出てきた。

「あ、あ、安子君お帰り、ずいぶん早かったな」と顔を真っ赤にしてテレながら言った。

「それがねえ、玉の輿がいなくて、コトリちゃんのことが心配で早目に帰ってきたのですが、早過ぎましたかー」と、ボスの顔を見てニヤニヤして言った。

「コトリ、顔洗って服を着替えてきなさい」と言うと、安子さんを庭に急いで連れ出した。

「お前さん、気がつかなかったか、コトリのあざを」と神妙な顔つきになった。

「えっ、すみません、気がつきませんでした、あざがどうかしたのですか?」と不思議な顔をした。

「じつはな、ボクたちが留守にする話をあいつに言った頃から、パラソムニアになっていたみたいなんだ」

「はあ、パラなんとかって何ですか」

「俗に言う、夢遊病ってやつだよ、日本語にすれば、夢の中で遊ぶというような、かわいらしいイメージがあるが、実際は、寝ていながら、あちこち歩き回って、体をぶつけたり、転んだりするんだ。そして起きてしまうと、そのことは全く覚えていなくてな」

「まあ、そうだったの、それで」と安子さんは自分のことのように辛くなった。

「ボクが日帰りの日は凄かったぞ、また折々に話をするが、パラソムニアのことは、コトリにはナイショな、頼んだぞ」

「はい了解です、かわいそうなことをしてしまったみたいでコトリちゃんには申し訳ないわね。でもボスはいいこともあったのじゃないかしらね、うふふ」

また思い出してニヤニヤしている。

「まっまさか、見たのか」と言っているそばから顔が真っ赤になってしまう。

「ボスー、どこですかー」と、着替えが終わった伊織が叫んでいる。

「じゃあ、とにかくよろしく頼むな」

と安子さんの肩を軽くポンと叩き急いで部屋に入っていった。

「ボスも大変だわねー、私も今行くわー」

と言いながらもニヤニヤが止まらなかった。

「もぅ、ボスとあんこちゃんが、また消えたかと思って心配しましたよー」

「コトリ、すまんな、ちょっと安子君に話があってな」とボスはちらちら安子さんを見ている。

「あっそうなのよ、心配させちゃってごめんなさいね」と一応ボスの話に合わせた。

「消えたりしないさ、安子君と話があってな」と、自分に言い聞かせるように、もう一度くりかえした。

「もう、最近コソコソと二人だけで話をされているようですが」

「ああ、よく見ているなお前さん、あっはっは、実はだな、ボクがしばらく、ここで寝泊りすることになったんだ」

「えーっ、ボスの夢って、そんなに怖いの、それも毎日見ているのでしょ、辛いですよね、あっ、病院は行かなくていいのですか？」

「おぉ、病院は近いうちに行くよ」

「あっ、そうかあ、私が手を握っていたら安心するんでしたね、まったくボスも案外子供みたいなんですね」クスクス……と、伊織が笑って言った。

「ああそうだ、子供で悪かったな、それで二人に頼みがあるんだが、ボクがコトリとだな、てって手をだな」

「ボスが怖がりなことを秘密にしておけばいいんですよね、それで、一人で怖くて寝れないことも、誰にも言ったらいけないんですよね。誰にでも短所ってありますから」と伊織が言った。

「そうだ、申し訳ない」と言っているそばで、

「うわーっ、こんなにたくさんのお土産って、見たことがないわー、あんこちゃんありがとう」

と、伊織はボスの話より、お土産を見るのに夢中になっていた。ボスもそれにつられるかのように、安子さんのお土産コーナーのほうへいった。

「おっ、地酒じゃないか」本当にボスは子供のようだった。

「安子君はよく気がきくよなー」

とニタニタしながら安子さんを見たボスは、はっとなった。ずっとボスを見てニヤニヤしていた安子さんは、

「そうでしょ、今日も気をきかせていたからね」と言った時、ボスが咳払いをした。

「ボス、風邪引いちゃったのですか?」と伊織が心配して聞いた。

「そーよねぇ、シングルの布団じゃねぇ、うふふ、風邪もきっと近寄らないわ」

とにかく安子さんのニヤニヤは止まらない。

「おいおい、かんべんしてくれよ、そーだ今夜はこの地酒で飲み明かすか」と話をそらしたが、

「そうねぇ、誰かさんが眠ったらじっくりと語り明かしましょうかねぇ」

ボスはすっかり立場をなくしてしまった。

月も早々に雲隠れしたのか、真っ黒な夜となってしまった。

「私はたっぷり眠れたので、今夜は絶対に寝ません。ですから、その地酒とやらにお付き合いしますよ」とニコニコして伊織が言っている。

「いや、お前さんはジュースにしておけ」

「なんでですか、地酒飲んじゃダメなのですか」と食って掛かってきた。

「これはとっても苦いぞ、お前さんがどうしてもと言うなら飲んでみたまえ」

「えっ、苦いの、あんこちゃん」と、安子さんに念の為に恐る恐る聞いた。

「そーよ、一番辛くて苦いのを買ってきちゃったから、お子ちゃまには飲めないわね」

「ボスだって……」

「あはは、コトリちゃん、それもそうね」と安子さんは、またニタニタしてボスを見た。

ボスは隅っこで小さくなっていた。

「コトリちゃんには、かわいいお土産をたくさん買ってきたからね、ボスも地酒より、こっちのほうがよかったでちゅか」

とボスはすっかり安子さんに遊ばれていた。

「いーや、ボクは地酒を飲むぞ！」

と食器棚からやけに大きなグラスを二つ持ってきた。

「さあ、安子君もどうぞ」と言いながら、会釈じゃなくお酌をした。

「うーん、どれから食べようかな、みんな笑っているし、頭から食べても、お尻から食べても痛そうだよね」

と伊織は目の前の動物の形をした饅頭を見てつぶやいていた。

「コトリちゃん、それなら、こっちの煎餅にしたら」と安子さんが袋を渡した。

「はーい、ありがとうございます。じゃあこれをいただきまーす。動物のは賞味期限が長いから、しばらく飾っておきます。あっボス、黙って食べないでくださいね」

「はい、わかっているよ」

「あはは、ボスもコトリちゃんの前だとヒナになっちゃうのね、あはは」

# 安子さんの決意

蝋梅のさり気なく奥床しい香りが甘く広がる季節、伊織のパラソムニアが落ちつきを見せた。

桜並木心療内科は、伊織の評判と、一般常識とはかけはなれたカウンセリングをしているせいか、遠方から来られる患者さんも増え、かなり忙しくなってきた。

「ねぇねぇ、あんこちゃん、最近玉の輿の話をしなくなりましたがどうしたのですか？」

「あっ、そうだったわね、そのことでボスに話があるのですが」

「じゃあ夕方食事でもしながら、じっくり聞かせていただくとするか」

「はい、よろしくお願いします」

「突然改まって、あんこちゃんどうしちゃったんでしょうかねぇ、ボス」

と伊織が不思議がっていた。

「さあな、さてこっちはカウンセリングだコトリよろしくな」

と言い残し、カウンセリングルームに互いに入っていった。

やがて空がうす暗くなって伊織のほうが先にカウンセリングが終わったらしくあかりがとも

る家へとむかった。

「ただいまー」

「コトリちゃんお帰り、おつかれさま」

と安子さんがお料理を作り終えて笑顔で迎えた。

「あんこちゃん、ここにいる時間のほうが長いんだから、ここに一緒に住んじゃえばいいのに」と伊織が言った。

「そうねえ、でもお邪魔じゃないかしらね」と、またニタニタ笑っていた。

「何が邪魔なんだ」と話の途中で、ボスが帰ってきた。

「ボスおつかれさま」と、またもや二人の声がぴたりと合っていた。

「私が、あんこちゃんも、ここに住んじゃえばって言ったんですよ、そしたらね」

「それで、その件でお話があるのですが、玉の輿もいいとは思っていたのですが、ふと、自分が年を取ることを忘れていましてね。ボスとコトリちゃんをずっと見てきて、資格があっていきいきと仕事しているなあと思いまして、私も何か資格を取ろうと思ったのです。それでここには心理学のセンパイがラッキーにも揃っていますし、大学院での勉強は必要ですけど、ボスのような臨床心理士を目指そうかななんてね」

「うわー、あんこちゃんすごーい」

「安子君の夢を壊すかもしれないが、臨床心理士ってのは、仕事の割には収入少ないぞ」

「それは受付していたらわかりますよ。まあ収入は気にしないタイプなのでね、何より、ここにいて実践力も身についた気がしています、玉の輿って他人をあてにしててもいつどうなるか、あっコトリちゃんごめんなさいね、言い方が悪かったわね」

「ううん、大丈夫ですよ、あんこちゃんの話なんだから」と伊織はニッコリした。

「ありがとう、それでね、資格があれば自分一人でも生きられるし、まあ運が良ければ、その一、夫婦で開業医ってのもありでしょ。資格って人生のエンブレムだと思うんですよ、ないよりはいいわよね、うふふ。しかも誰かのために力になれるって、あっ今も力になっているけど、やりがいがあるわよね」

「そうだな、安子君の言う通りかもしれないなぁ。現在、精神疾患の患者数は約四百万人、たぶんもっと多いだろうが、四大疾病では、最も患者数の多いとされた糖尿病を大きく上回り、がん患者の二倍の数になっているからな。現代社会はみんなそれぞれ心に病を抱えて生きているんだろうな。自分の心と向き合って出口を見つけようと、必死にもがいているわけさ。その手助けをするということは素晴らしいと思うよ。ボクも出来る限り、安子君の勉強を手伝うかな」

「あっ私も」

と伊織は手を上げた。

ボスは伊織のパラソムニアの件以来、自分の部屋へは服を取りに帰るくらいでほとんど伊織と一つ屋根の下で暮らしていた。

「ボス、折り入ってご相談があるのですが」と言い、ボスを庭先へ連れて出た。

「安子君、寒いじゃないか、コトリの前じゃ出来ない話なのか」

「あ、コトリちゃんには食器洗ってもらっているし、まあすぐに熱くなりますよ」

いつの間にかニタニタしていた。

「えーっ」と安子さんの話を聞いたボスは、本当に顔を赤くしていた。

「しーっ、コトリちゃんに聞こえちゃいますよ。どうです、熱くなったでしょ」と笑っていた。

「ボクは一向にかまわないが、コトリがなんて言うかなぁ」

と、少々デレデレした顔つきになってしまった。

「コトリちゃんはかまわないに決まっているじゃないですか、どっちみち今は心療内科の二階は使ってないいんだし」

と、安子さんはどうしても顔がニタニタしてしまうようだ。

「とっとっとにかくだ、コトリに聞いてみよう」

と、二人が部屋へ入ったところで伊織はやっと洗い物が終わった。

「コトリ、ちょっといいか」

「はい、ボス、なんでしょうか」

「実はだな、心療内科の二階に安子君が勉強に専念したいそうで引っ越してくるのだが」

「えーっ、ボスは安子さんと暮らすのですか」と伊織は真面目な顔をして言った。

「もーっコトリちゃんやめてよー」と安子さんが少々嫌そうに言った。

「おい安子君、そんなに嫌そうにしなくっても。ご覧の通り、安子君はボクと暮らしたくないみたいだー、うーん、困ったな、家出するしかないのかなぁ」

さすが、心理カウンセラーだけのことがあるかどうかは別として、ボスが家出と言ったばっかりに伊織は不安になったが、

「あっ、私わかりましたよ、名案って言えるかもしれない、ボスはここで寝泊りしていたのだから、ついでにここに引っ越してくればいいと思いまーす」

と得意気に言った。ここは元々ボスの家のはずだが、

「それは良い案だな、コトリは頭が良いなあ、ボクは考えてもみなかったぞ」

嘘ばっかしと安子さんは言いたかったが、

「まぁ、それはいい考えだわー。そうと決まれば、次の休みにさっそく越してきますのでよろしくお願い致しまーす」

とおじぎをして頭を上げてボスをニヤニヤ笑って見た。

「うわーっ、あんこちゃん、こっちに来るんだ、嬉しいなー」と無邪気に喜ぶ伊織に、

「いいか、あくまでも勉強がメインなんだから邪魔しちゃダメだぞ」と言っているそばで、

「はーい」と安子さんがニヤニヤしながら返事をした。

「あんこちゃん、やる気満々ですね」

「ボスは、やる気満々にならないでくださいね」と、安子さんがとどめを刺した。

「へぇー、ボスも何か資格を取るの？」伊織が安子さんのとどめに聞いてきた。

「あ、いやー、ちょっと料理でも勉強してみようかななんて、あはは、安子君に頼ってばかりじゃ勉強の邪魔になるだろう」

「そうですねえ、私もお料理の勉強しようかなあ」と伊織も少しやる気が出てきたらしい。

「へぇー、ボスがお料理ですか、何をお料理するのかしら、なんて独り言だから」と異常に大きな独り言だった。

「安子君、さっきから何言ってんだ。飲み過ぎたのか、それでボクの荷物だが」と伊織に話しかけようと横を見たが、伊織は安子さんが自分のそばに来てくれるのが嬉しかったのか安子さんのほうへ行き、喜びを告げていた。

一番嬉しかったのはボスだったかもしれない。寒空の庭に出てニタニタしていた。庭のパンジーに何か語りかけウインクをした。真っ赤になった花弁が恥ずかしそうに揺れていた。

## 波と戯れるコトリとユキミとの出会い

木の芽風に吹かれ、桜並木心療内科の人々は、新しい生活が、はじまることになりました。それぞれが住むべき場所に移動し、一段落した頃、ボスと安子さんが、給湯室で、しんみりと話をしていた。

その頃、伊織は、以前からここに通院していた、熊田礼子さんのカウンセリング終結に向けての話が進んでいた。というよりは、会話に花が咲き、終始笑い声で溢れていた。熊田さんはお母さんと一緒に料理をするようになり、将来は調理師免許を取得するらしい。

三番目のドアが開くと、

「コトリ先生、長い間ありがとうございました、私はもう一人で大丈夫ですから」

と言い、小さな紙袋から、赤い鳥のキーホルダーを出すと伊織に渡した。

「はい、これ、コトリ先生に。先生、本当は青い鳥のほうが幸せのイメージだけど、コトリ先生は赤色が好きでしょ、だからね」

と嬉しそうに話していた。

「うわー、かわいい、あっ、だけどカウンセラーってクライアントさんからプレゼントなどもらったらいけないのよ」と小さな声で言い、

「ありがとう、気持ちだけ」と言い直したが、熊田さんが、

「じゃあ、この机の上に置いておくから、それならいいよね、ここは普通と違う心療内科なんでしょ、じゃあいいじゃん、素直にもらうのも人の心を傷つけないことになるんじゃないの?」

「確かにそうですね、では、ありがたーくいただきます」

「うん」そう言うと出口のほうへ元気良く走り去っていった。

安子さんとの話を終えたボスが伊織のほうへ近づいてきた。

「コトリ、お疲れさま、また一人お前さんの元から巣立っていったんだな。ヒヨッコのほうが親鳥みたいだな、あっはっは」と笑って言った。

「もーっボス、私はいつまでもヒヨッコじゃありませんからね」とニッコリ笑った。

「そうだ、折り入ってお前さんに相談というより、お願いがあるんだが、今いいか?」

「はい、今日はもうカウンセリングないしボスのお願いなら、私が出来る範囲で努力してみます」

なんだかわけのわからない答えになっていた。安子さんが洗い物を済ませ、給湯室からでてきた。

「コトリちゃーん、お疲れさまでした」

「あっ、あんこちゃーん、ボスが私にお願いがあるんだって、どうしよう」

「どうしようって、ボスもう話したの」

「いや、まだだ」

「ほら、まだなら聞いてから考えればいいんじゃない」

「あっそうだった、それでお願いってなんですか」

「実は次の休みに、久し振りにスーパーバイザーを受けようと思っているんだ、ここのところ忙しかっただろ、たまには行かないとな、それでだ、この日、安子君は」

と言いかけたが、

「私は、調べたいことがあってね、図書館に行くのだけど」

「そうなんだ、二人ともでかけてしまうとコトリが一人ぼっちで留守番になると思ってだな、ボクについていてはくれないだろうか、どうだ」

「あっ、わかってますよ、本当はボスが一人になるのが怖いんでしょ?」

「そ、そうなんだってね、コトリちゃんとお手手繋いでいないと淋しいんだって」

と安子さんのニタニタがはじまった。

「なっ、なんてことを」と言いながら顔を真っ赤にしたが、急に真剣な顔に変わった。

「コトリ、一緒に行ってくれるな。ただ、そこに行くには一つ問題があってな、どうしても、車に」と言ったとたんに伊織が、「いやー」と叫び震えながらしゃがみ、耳を塞いでしまった。

「お前さんがそう言うのはわかっていたよ。だがボクの為になんとか我慢をしてくれないか」

と、ボスが辛そうに頼んでいる。

「コトリちゃん、乗るところまで私もついていってあげるからさ、ボスを助けてあげなさいよ」

「怖いなら目を閉じておけばいいから。一人は辛いだろ？　ボクも一人が怖いんだよ」

二人で出来る限り伊織を説得しているが、相変わらず震えていた。困り果てた安子さんを見てボスが、

「甘えるのもいい加減にしなさい」

と優しく伊織に言ったが、その声が怖かったのか、安子さんの足にしがみついた。

「びっくりしたか、すまんな」と伊織に謝り、話を続けた。

「コトリ、そのままでいいからボクの話をよく聴くんだ。安子君すまないね。コトリはカウンセラーだから聴くのはお得意だな。じゃあ困っている人、苦しんでいる人がお前さんのところに来たら、安子君の足にしがみついてしまうのか？　違うだろ、今日も一人、お前さんの手から離れて巣立っていったな」

伊織は安子さんの足から手を離して立ち上がった。

「なあコトリ、人間ってのは、辛くても一人で乗り越えなきゃいけない時もあるんだ。だがな、みんながみんな一人ぼっちな人ばかりじゃないんだよ。お前さんには足にしがみつける安子君

がいる、手を握れるボクがいる、この意味がわかるか。そして何よりもお前さんが辛い人の話を聴き、涙を見て助けてきたんだ、コトリだから出来たことだろ。だから次はボクを助けてくれないだろうか」

伊織はボスの言葉にはっとした。

「そうだ今ボスは苦しんでいるんだ。そして私の助けを求めてきたんだ」

と心の中でつぶやき、恥ずかしさでいっぱいになった。

「ボス、あんこちゃん、すみませんでした。私は自分のワガママばかり言って、嫌なことには背を向けて、努力が全く足りてなかったですね」

安子さんは伊織のしっかりした口調に涙が出そうになったが、

「コトリちゃん、ずいぶん成長したわね。もうヒヨッコなんて呼ばせないわよ」と、ボスを見た。

「おっおう、そうだな、まぁヒヨッコでずっといてくれたほうがだな」と言って言葉を止めた。

「お前さんはまだまだヒヨッコだな」と、あの時の声が伊織には聞こえてきた。

「ねえボス、私はずーっとヒヨッコでいたら何なの、前も話を途中でとめてしまって」と聞いてみた。

「まぁヒヨッコのほうが自分の好みに」と安子さんがニヤニヤしながら話していると、ボスが真っ赤な顔をしてまた咳払いをしていた。

「ボス、最近咳払いが多いですが、大丈夫ですか？」と伊織が心配して聞いたが、安子さんはひたすらニヤニヤしていた。

それから何日か過ぎ春の予感と言うべきか、それとも春の気配とでも呼ぼうか、何やら朝からあわただしい声が聞こえてきた。

「あー、あのぉ、ボス、くっくっく」

「なんだどうした、鳩になっちまったのかい」と笑っていた。

「えっあー、酔うんです、私」伊織は、車となかなか言えなかった。

「そうだったか、ちょっと待っててくれ」

と言い、バタバタと心療内科のほうへ行き、安子さんを呼んだ。

「おーい安子君、コトリが車に酔うらしいので、わるいが、酔い止めの薬出してもらえないだろうか」と頼んだ。

「はーい、今持っていきまーす」とドタドタ二階から降りてきた。

「そうそう、ついでにこれも」と言って、小さなトラベリングバッグを渡した。

「おいおい、日帰りだぞ」

「ボスー、女の子って何があるかわからないでしょ、一応念の為だから」とどうしてもニヤニヤしてしまう安子さん。

「私も二人を送るから、で、コトリちゃんは？」と聞いた。

「あいつ、車の前で固まっているぞ、とりあえず薬を飲ませてから」と言い、伊織に薬を渡して飲ませた。

「ほら、コトリちゃん、私がドア開けたから、ささっと乗っちゃいなさいよ」

と言うと伊織は助手席へ座った。

「シートベルト締めたか、安子君ありがとな、後はよろしく、あっ、お前さんも気をつけてな」

「はい、ボスもお気をつけて行ってらっしゃい、コトリちゃんもね」

と言うと安子さんはおまじないのように伊織の頭を軽く撫でた。不安を隠せない伊織は、声が出なかった。

「着いたら起こすから眠っていなさい」

と言うと、伊織はうなずいてそのまま目を瞑った。安子さんが「眠り姫を拐って逃げる白馬の王子様の気分かしら、おほほほほ」と言い残した。

薬が効いてきたのか、やがてスースーと寝息を立て、熟睡しはじめた。

「ちょっと花屋さんに寄るぞ」

と寝ている伊織に言葉をかけ車を停めた。やがて香り漂う真っ白な花束を抱えて、車の中に大切そうに乗せると、また車を走らせた。

「ユキミはコトリを見てどう思うだろうか、喜んでくれるだろうか」とつぶやいた。

「おい、コトリ、ちょっと寄り道するぞ」

と言いながら海岸通りを走ると車を停め、かなり寒かったが、伊織のほうの窓を開けた。打ち寄せる波の音が心地良く、潮風の香りと、花束の馨香に気付き伊織が目を覚ました。

「ふぁーっ、よく寝たー。うわー海だ」

と言いながら、自分が車に乗っていたことも忘れ、シートベルトを外し、ドアを上手に開け、砂浜のほうへ走った。

「まったく子供みたいだなー。おい待てよ、濡れてしまうぞ」

と言いながら後から追いかけた。ボスは追いつこうと必死に走っていたが、何かを踏んだ。よく見ると伊織は靴下や靴を脱いで裸足になっていた。それらを拾い集めると、やっと伊織のそばまで追いついたのだが、漣(さざなみ)と戯れる伊織に、我を忘れて見とれてしまい、

「寒くないのか」と言うのが精一杯だった。

「あっ、ボス、冷たいけど、私、海、はじめてなの。ほらこうして波を追いかけてみたかったの」と時折、伊織の足先に泡たちが集まってきては弾けるのに驚いていた。海の中で見せる、伊織の極上の笑顔にボスはいとおしくてたまらなかった。

「うふふふー、ボスも入りますかー」

と言うと伊織は岸辺とは反対の水平線のほうを向いた。

「おい、何して」

と、ボスの声が途切れた瞬間、伊織の姿が消えた。慌てて海に入った時、伊織が現れた。

「バカなことをするんじゃない！　冬の海なんかに入って、死にたいのか」とボスが叱った。

「だってー、ほら見て、綺麗でしょ。私が先に見つけたのに、波がね、海の中に持っていこうとしたから、かわいそうになって一生懸命につかんじゃった」

と掌を広げて小さな貝殻を見せた。

「まったくお前さんてやつは本当にヒヨッコだな、びっくりしたぞ。風邪引いたらどうするんだ」

「あんこちゃんが看病してくれるかな、なんてね」

「へりくつを言ってないで、服を脱げ、これを言うの二度目だな」

と言い、伊織に笑いかけた。そして、言われた通り伊織は素直に車に入った。

「ボスー、見ないでよー」と叫んでいた。

「はいよ」と言うと砂浜へ、しゃがみこんだ。

前夜、安子さんは伊織の元へ、トラベリングバッグを持ってきた。

「コトリちゃん、日帰りって言っても、雨が降るかもしれないし、車だから邪魔にはならないでしょう。一応一泊くらいの着替えを持っていったほうがいいと思うの」

「えー、日帰りでしょ、なんで」と驚いている。

「あらぁ、私はいつもそうしているわよ、女子だし、うふふ」と、まるで自分が出かけるかのように伊織の服を選んでいた。実は安子さんは事前に明日の予定を、半ば強制的にボスに聞き込みをしていたのだ。そこに、海というワードが入っていたので、伊織ならば必ずやるであろう行動を読みとっていたのだ。さすが行動心理士。

「それにしてもコトリちゃん、仕事の時と服が変わらないわねぇ」

「はい、流行の服は似合わないかなって決めてしまって、というよりは洋服買いに行きません、いえ、行けません、えへへ」

「そうだったの、じゃあ今度一緒に見に行こうよ、私が選んであげるからね」

「はっはい、よろしくお願いしまーす」

会話中に安子さんはテキパキとお泊りセットを準備した。

「安子君、助かったよ」とボスがつぶやいた。

車のドアが開き、中から伊織が叫んでいた。

「ボス、着替えは終わりましたが、足がね」と足だけ車の外に出した。

「しょうがないやつだなあ」と言うと、車のトランクからタオルを出してきて伊織の足を拭いて、靴下と靴をはかせた。

「髪もビショビショじゃないか」と言っていたが、伊織は海を一生懸命見ている。

「えへへ、また宝物が増えましたー、しかもはじめての海の物でーす」

と拾った貝殻を大切にハンカチに包んでバッグにしまった。

「あっ、あんこちゃんの分を拾うの忘れちゃったー、ボスどうしよう」と言ってボスを見た。

「じゃあ、また今度来るか」伊織ははじめてボスの笑顔を見たような気がした。

「あれ、ボスって、こんな風に笑ってたんだ、そうだ、いつも私に笑顔をくれていたんだわ」

と心の中でつぶやいた。

「おい、人の話聞いているのか」

「えっ、何でしたか」

「また、ここに来ようなって言ったんだ」

「はーい」その先の言葉が出なくなってしまい、顔が真っ赤になった。

「おい顔が赤いぞ、風邪引いたのか」と、ボスが伊織のおでこに手を当てようとした時、

「だっ大丈夫です」と小さな声がかえってきた。

「コトリ、もう少しだけ乗っててくれるか、目的地は、すぐその先だ」

伊織は小さくうなずいた。

「お前、髪ビショビショだぞ」

と、もう一度言われた伊織は、安子さんが準備してくれていたトラベリングバッグからバスタオルを出してふきはじめた。

しばらく車を走らせて、海が見えている小高い丘に車を停めた。

「さあ着いたぞ」とボスが言った。

「えっ、ここ?」と伊織が不思議そうにあたりを見渡したが、小さな寺がぽつんと建っているだけだった。ここでスーパーバイザーを受けるのかなと思ったが、ボスは車のトランクから、真っ白な花束を大切そうに出し、伊織に持っててくれと一言だけ告げると墓石の並ぶ道を黙って歩いた。ボスの淋しそうな後ろ姿を見ると、伊織は声をかけられなくなった。

「ここに何があるんだろう」とぽつりとつぶやいた。

やがてボスが、桜の花が春を思わせるかのように彫られた石碑の前で足を止めた。

「コトリ、着いたぞ」

「えっ、着いたって、お墓じゃないですか」

ボスは、また黙ってしまい、線香に火をつけはじめた。

「お前さんは、その花束を供えてあげてくれないか」

「供えるって、ここは誰の」と聞こうとした時に、彫られた桜の中の片隅に、雪美という名前を見つけた。

「ユキミさん」と、伊織が思わず声にした。

そうだ、あの時確かボスが一度だけ、寝ぼけてユキミって呼んだわね、とあの日のことを思い出していた。

「ユキミ、やっと連れてくることが出来たぞ、タカナシイオリさんだ」

「えっ、ボス、ユキミさんって」

「ボクの妹だったんだ。もう過去形になり、ユキミはあのまま時を止めてしまったけどね。ボクが大学生の時に、突然自殺してしまってね」

その先が言えなくなった。

「えっ」伊織は大声を出した。そういえば安子さんから聞いた話を思い出した。

「ボス、あんこちゃんから聞いたことがあります。私はユキミさんに似ているとボスが言ったそうですね、だから」

ボスは伊織の頬を両手で包むと、

「だからなんだ、ユキミの代わりが来たとでも言いたそうな顔をしているぞ。いいかコトリ、よく聴け、この世の命あるもの全てに代わりはいないんだぞ。誰かの代わりだとか生まれ代わりだとか言う人も確かにいるが、ボクはそうは思っていない。ユキミの代わりも、ボクの代わりも、もちろんコトリの代わりだっていない。酷なことを言うようで申し訳ないが、お前さんのご両親の代わりもいない。命ある者の宿命かな」

「じゃあ、そこにいるカタツムリも、みんな違うの？」

「そうだよ、ボクには区別がつかないが、名前がなくってもみんな自分の命を大切にして生きているんだよ」

「じゃあ、花もそうなの」

「ああ」

「切ったら痛いんじゃないの？」

「そうだよなあ、人間ってのは時に残酷になることがあるよな。感情ってのがあるからな、花を切ってまでも大切な人に贈りたいと思うのかなぁ。自分勝手で矛盾しているがなあ……」

二人の会話を聞いていた寺の住職が近づいてきた。ボスは伊織の頬から慌てて手を離した。

「ユキミさんのお墓参りかね」

「はい、ごぶさたをしております」

「お坊さん、はじめまして」

「おい、こちらはお坊さんじゃなくて」

と恥ずかしそうに伊織に説明しようとしたが、

「おっほっほ、坊主でかまわんよ、しかしもう何年になるかのお、月命日にはご両親が必ず参られるのじゃが、お母さんが泣いてしまって、いつも声をかけることが出来ず、ついついごぶさたをしてしまい申し訳ないのお。ご両親は、ご健勝にて過ごされておりますか？」

何も知らない伊織の前では話しづらいとみえて、住職を少し離れた場所に引っ張っていき、伊織の両親の話をした。

住職は伊織のほうを向き、手を合わせて寺の中へと戻った。ボスがふと、伊織のほうを見ると、墓の前にしゃがみこんで本当にユキミと会話をしているように見えた。ボスは、一瞬驚き、一瞬きをした。そこには伊織の姿しかなかった。

「コトリ、ありがとな」と大きな声を出し、伊織のそばにもどってきた。

「ユキミもきっと喜んでくれただろうな」と懐かしそうな目をした。

「ところでお前さん、妹と何話してたんだ」

「聞きたいですか、エッヘン。お兄さんのことは、私にまかせてくださいって言っちゃいました」

ニコニコしながら話していた。

「ああそうか、お前さんの笑顔を見たら、ユキミも安心だな、しかも、ボクのこともまかせてもらえるのか、あっはっは、そりゃあいいなあ、じゃあお言葉に甘えてまかせてもらうかな」

「はい」と、一つの謎が解けたのか伊織は元気になった。

「コトリ、もう少しだけ車に乗ってくれないか、ここはついでに寄っただけだから」

と恥ずかしさをごまかすかのような口調になってしまった。

「ボス、ついでってなんてことというのですか。ユキミさん悲しみますよ。悲しませちゃダメでしょ。あっ、さっき石碑のところにカタツムリいましたよね、あれってユキミさんの魂が、あっ、でも代わりはいないんでしたよね、じゃあやっぱり普通のカタツムリだったのかなあ」

また車に乗るのかという不安もあり、ベラベラと喋り出した。

「とにかくここの近くだから、もう少しだけ努力してくれ」

というボスの言葉と、ユキミさんの前で誓った約束は破ってはいけないという気持ちが伊織を勇気づけた。

「はい、ユキミさんが応援してくれるそうなので努力します」と運転席のボスの肩を叩いた。

「おぉ、そうだったな、コトリがボクを助けてくれるんだった、ありがとな、じゃあ行こうか」

本当にすぐ近くの一軒の家の前で車を停めた。

「えっ、ここは病院じゃないし、道を聞くのかな」と考えていた。

# 懐かしい風を吹かせたコトリ

「さあ着いたぞ、色々まわったから疲れただろう、お疲れさま」

と言うと、助手席の伊織を車から降ろし玄関のドアを開けようとしたボスの腕をいきなり掴んで、

「普通の家みたいですが」と伊織が言いだした。

「そうだよ、普通の家だよ、何か問題でもあるのか」

「ひぇっ、問題とかじゃなくてですね、スーパーバイザーって名前がつくぐらいだからもっと大きな病院を想像していました」

そう言いながら表札に目を移した。心療内科らしき看板はなく、ローマ字でTAKAYAMAと書いてあった。

「ボス、ここもタカヤマさんちですね」と笑いながら尋ねた。

「あっはは、そりゃそうだ、ここはボクの両親が住んでいるからね」

「両親ですか」とぽつりと言って淋しくなってうつむいた。

「おいおい、そんな悲しそうな顔をするなよ」

「だってー、両親がいるんでしょ、私には」

と、ついさっきボスから聞いた話を思い出した。

「いいか、コトリ、誰にでも両親っているんだよ、コトリにもいただろう。残念なことになったがな、両親がいたっていつどうなるか誰にもわからないんだ。ボクは出来ることなら、お前さんの両親に会いたかったぞ。これはボクの勝手な考えだと思っているが、お前さんがボクの両親に会ってくれることが嬉しくてな、昨夜は寝れなかったんだ」

「えーっ、ボスが一人が怖いからって言って勝手に連れてきちゃったし、昨夜も、グーグーといびきかいて横で寝てましたよ」

伊織の声があまりにも大きくて、ボスの両親は玄関で出迎えようと準備をしていたが、横で寝ているのを、一緒に寝ていると聞き違えたのか慌ててドアを開けた。

「まあまあ、入り口で何をしているの」

ついに玄関先にボスの両親が現れた。

「いやーコトリがぐちゃぐちゃ言うもんでつい」

とボスがテレながら言った。

「おい了介、人のせいにするんじゃないぞと、いつも言っているだろう」

「えーっと、それでこちらはどなたかしら」

「コトリ、あっ違う、タカナシイオリさんです」と頭をかきながら紹介した。

「あらまあ、コトリがコトリがって、電話のたびに言うので、どんな種類のコトリかしらって、お母さんずっと考えていたのよ」

「はっはっはじめまして、私は桜並木心療内科で心理カウンセラーをしております、タカナシイオリと申します。本日はどうぞよろしくお願い致します」

と、舞い上がってしまい、いつもの挨拶をしてしまった。

「はい、タカナシイオリ先生、こちらこそどうぞよろしくお願い致します、でいいかな。ただ私たちがイオリ君と会うのは二回目なんだよ、きっと覚えていないだろうがね、なあ、お母さん」

「そうよね、やっぱりあの時のイオリちゃんだわね、このたびは」

と言いかけたが、どう言葉で表現すればいいのかわからなくなってしまった。

「タカナシさんとお聞きしたが、このたびはとても残念なことでした。それにしても、ずいぶん大きくなったねぇ」

「おやじもおふくろも、いつコトリのご両親と会われたんだ？　コトリ、何か聞いているか」

と、伊織に尋ねた。伊織は首を横に振るだけだった。

「それより了介、さっきから聞いていると、コトリ、コトリと呼んでいるが、イオリさんには、ご両親が一生懸命考えてつけてくださった名前というのがあるだろう、まさか、仕事中も、コトリって呼んでいるのか？」

「あっ、おと、おじちゃ、おじさま、いいんですよ、クライアントさんたちも、コトリのほうが親しみやすいようで、私、この苗字、気に入っているし、今更、イオリになっても逆に戸惑われてもいけないし、コトリで慣れていますので、ありがとうございます」

と、深々とおじぎをした。

「それにしても、お父さんのことを色々と呼び直してくれたわね、イオリちゃんが呼びやすい言い方でいいので、遠慮しないでね、えーっと、お父さんは、タカヤマイサユキ、私は、タカヤマカリンです、季節の夏に、おうへんに林で『夏琳』と書いて、カリン。玉が触れあって鳴る澄んだ音の形容なのよ、かわいいでしょ、うふふ」

「すてきなお名前ですね、おかあ、おばちゃ、おばさま」と緊張しながら答えた。

「あの時は確か、おばちゃんだったかしら」

六月の雨がやっとあがった頃、たくさんの花を咲かせた紫陽花が雨水で重そうに首を垂れていた。その前には、夏琳がハサミを持って立っていた。突然、紫陽花の茂みの中から、小さな女の子が出てきた。

「あらまあ、イオリちゃんだったわよね、こんなところでどうしたの、髪も、お洋服もビショビショじゃないの」

その頃は、桜並木心療内科で了介の父親が精神科医を、母親が受付をしていた。そこへ伊織が両親に連れられて診察を受けにきていた。

「先生、この子、大丈夫でしょうか？」と母親が唐突に訴えはじめた。

「おい、母さん、急にそんなことを言っても先生が困るんじゃないか。先生、申し訳ありません、家内にばかり育児をまかせているのですが、イオリの行動がおかしいと言うばかりなので、一度診察をしていただこうかと思いまして」

「イオリさんはどうおかしいのですか、詳しく聴かせていただけますか」

「はい、その、食事中にですね、小さい虫がたまにいますよね、それがどこに飛んでいくのか追いかけたりですね、公園に連れていっても同年代のような子供たちとは遊ばないで、一人で変わった遊び方を考えているみたいですが、私には全く理解出来ないんです」

「ほー、変わった遊びですか。例えばどんなのですか」

「はい、遊びとは言えないかもしれませんが、アリにあげるとか言ってビスケットを持っていって、アリの巣を見つけて穴の入り口に置いてながめたり、花瓶に挿した花が枯れたら、土に埋めるとかですかね。そもそも花を飾ることが嫌みたいですね、おかしいでしょう」

と、不安気に話した。

「優しいお子様じゃないですか、まあ個性的とでも申しましょうか、大丈夫ですよ」

「先生、これから先、イオリが大きくなって、イジメられたりしないでしょうか？　それも心配なんです」

「お母さん、今から心配されても、まあイオリさんの個性を壊さないように様子を見られてはいかがですか？」

「はぁ、そう言われましても」

「母さん、先生がそうおっしゃっているんだから様子を見てゆこうじゃないか」

「あなたはいつも会社に行っているから、そんなのん気なことが言えるんでしょうが、私は本当に辛いんですよ」

「まぁ、お母さん、お辛い気持ちはよくわかりますが、イオリさんは元気じゃないですか、子供は、元気が一番ですよ」

いつの間にか伊織の姿がなくなっていた。

「あなた、イオリがいなくなっちゃったから探してきます」と、心配そうに探しに行った。

「先生、家内は人より心配性でして、イオリを過保護にしてしまったのかと反省しているのですが、家内の言う通り私も心配です」

「お父さん、あなたまでそうだとイオリさんが不安になるでしょう。父親ならでーんとかまえていればいいんですよ。いえね、我が家は手のかかる男の子がいるのですが、仕事が忙しくてほったらかしにしてますがね、やんちゃではありますが優しい子に育ってくれたなあ、なんて、親バカですかな、あはは」

「じゃあ将来息子さんは、先生の後を継いで心理学の道ですか」

「そうなってくれると嬉しいのですが、あの子にはあの子の道があるでしょうから」

「確かにそうですね、子供の道を親が決めてはいけませんね」

父親同士で、カウンセリングとは違う話で盛り上がっていた。一方、外では、

「イオリーどこにいるのー」

と母親が探している。裏庭で話し声が聞こえてきたので慌てて近寄った。

「おばちゃん、チョキチョキするの持っているけど髪を切るの?」と伊織が聞いた。

「ああ、これはね、ハサミっていう名前があってね、このお花を切ろうと思ってね」と説明すると、

「だめー」と言い、紫陽花の茂みの前に立ちはだかり、両手をいっぱいに広げた。

「おばちゃん、あのね、おばちゃんにだけ教えてあげるけどね、お花さんのそばで、そのハサミ近づけたらね、みんな怖がってね、るーって泣いちゃうんだよ。切っちゃうとイタタになるでしょ、かわいそうでしょ」

「あらぁ、イオリちゃんって、お花の言葉がわかるのね、すごいわね」

「うん、イオリはね、今カタツムリしゃんとお話ししてたんだ」

「まあ、そうだったの、おばちゃん邪魔しちゃったかなあ、ごめんね」

「いいよ、カタツムリしゃん、ここのおばちゃん優しいから好きなんだって、だからイオリも

おばちゃんとお友達になれればって言われたよ」

「あら、おばちゃん嬉しいわ、イオリちゃん仲良くしてね」

「うん、仲良くするね」と小さな小指を出した。

「指きりね、イオリちゃんとのお約束ね」

　そう言うと母親が困った顔をしてやってきた。

「まあ、ここにいたのね、心配したじゃないの。すみませんでした、この子、変なことを言わなかったでしょうか」

　伊織が口に指を当てて、ヒミツと言っていた。

「いいえ、とってもお優しい子で、私とお友達になってくれましたよ」

「へー、この子がですか。自分からは友達を作ろうとしない子でねぇ、いつも一人で遊んでいるようなんですが、あらっ、服がビショビショじゃないの、どうしたの」

「紫陽花の中に」

「おばちゃん、しーっ」

「あっそうだったわね、小雨がパラパラっと降ったみたいで、今部屋に連れて帰って、髪を乾かしてあげようと、お話ししてたのよねー」

「まあ、そうでしたか、ご迷惑をおかけしたみたいで、すみません。この子、自分で髪を乾かすのが嫌いなのかどうかわかりませんが、いつも私が乾かしてあげてます、困った子です」

「あらぁ、お母さん、自分の娘の髪を乾かせるなんて、幸せなことなんですよ、きっとイオリちゃんはそれがわかっているのではないでしょうかね」

「甘えん坊さんなんでしょうね」と言いながら、伊織の手を取り中へ入ろうとした時、伊織が振り向き、

「バイバイ、おばちゃん、また会おうね」と、元気に手を振った。

夏琳は懐かしさのあまり、伊織とおしゃべりした内容を全て思い出していた。

「そうだ、お茶を出さなきゃね」

と言って伊織をしみじみと見つめた。

「あらぁ、どうしたの、髪がビショビショじゃないの」と言いながら、紫陽花の茂みから出てきた伊織の姿とだぶらせていた。

「あっ、私、何かお手伝いしましょうか」と言うと、夏琳の質問の答えにもなっていないことに気付き、よその家へ行く時、自分の両親は、必ず手土産を持っていっていたことを思い出した。

「髪はさっき海でちょっとね、エヘヘ」

と言うと自分のバッグを開けて、波と格闘しながら、手にした戦利品というか宝物の一つにしようと思っていた貝殻を夏琳の掌に乗せ、

「今日は、突然お邪魔をしたのに手ぶらで来てしまい申し訳ありませんでした。それでこれを」と言った。

「お前さん、それ宝物にするって言ってなかったか?」

ボスの言葉を無視するかのように、

「イオリちゃんの宝物なのね、これをおばちゃんにくれるの。嬉しいわ、大切にするからね、ありがとう」とニッコリほほ笑んだ時、

「あっ、母さんの匂いだ」と伊織がつぶやいた。

「イオリ君、とってもステキなお土産をどうもありがとう。良かったな、お母さん」

と、功幸(いさゆき)もお礼を言った。

「了介、行ってきてくれたのか?」

「はい、コト」と言って父親に注意されたくなかったので、伊織と言いたいのだが恥ずかしいのか、

「はい、イッイッイオリさんを連れて、一緒に行ってきました」と妙に丁寧な言葉遣いになってしまった。

「ご住職はお元気だったか、すっかりごぶさたしてしまってね」

「ああ、墓参りの度に、おふくろが泣くそうで、声がかけにくいって言ってましたよ」

「お母さんもなかなか忘れられなくて、辛いみたいだよ。私もお母さんが、泣いてばかりいる

から、連れてゆくのが酷な気がするよ」

二人の会話をそばで聞いていた伊織は、

「お、おか、おば、おばさま、泣いてばかりいたら、ユキミさんが悲しみますよ、そうだ次からは私もご一緒してもかまいませんか」と尋ねた。

「そうね、イオリちゃんと一緒なら、おばちゃん泣かないわ、あっ、あの時みたいにこれしましょ」と言うと小指を出した。

「えっ、あの時ですか？　覚えていなくてすみません、だけど、なんだか、なつかしい気持ちがします。はい、わかりました」と小指を出した。


伊織がすみにボスを引っ張った。

「コトリでいいのに、私もボスって気軽に言えなくなってしまいますよぉ、リ、リョ、リョウスケ先生でいいのでしょうか」

「まぁ、両親の前だけだから、イ、イ、イオリさんて呼ぶぞ」恥ずかしそうだった。

「そんなに、イ、ばっかり言わなくても」と呆れていた。

「お前だって、リ、ばっかり言ってたじゃないか」

「あ、もう言えますよ、リョウスケ先生ってね」と小声で言った。

「おいおい、そこで何を言いあっているんだ、今日はスーパーバイザーだろう」

「ああ、おやじ、じゃなくて先生だったな、あはは」

「おやじでかまわんよ、もう引退しているしなぁ。と言っても声がかかれば、カウンセリングはしているんだぞ」

「リ、リ、リョウスケ先生」やはり上手く言えていなかった。

「なんだ」

「その、リョ、リョウスケ先生の、お、おと、おじ、おじさまがスーパーバイザーなの」と驚いて聞いた。

「そうだな、ボクの大センパイかな、ただ身内ってのがおもしろいだろ」

「すみませんでした、昔のことを覚えていなくて」と、ボスの話より、昔、自分がこの先生に診察してもらったことを忘れているのに気がついた。

「まぁ、残念ねぇ。でもイオリちゃんは、約束を守ってくれているわよ」

「えっ、約束ですか」

「そう、コレよ」と夏琳が小指を立てた。

「指きりですよね？」

「そうなのよ、小さなイオリちゃんがね、また会おうねって、おばちゃんと指きりをしてくれたのよー。懐かしいわー、まさかまた本当に会いにきてくれるなんてね、嬉しいわ」

それを聞いて、伊織は不思議な気分になっていた。

「了介、そういえば、スーパーバイザー以外に話があったんだろ。夕食の後にでも、ゆっくりと聞かせてもらおうかと思ってな」

「そうね、それがいいわね」

「えっ、今日は日帰りのつもりで来たんだよな、イ、イ、イオリさん」

「はい、安子さんにもそのように伝えてきました」

「だがなあ、外がもう真っ暗だぞ、それに話がすんでないじゃないか」

「そうよ了介、お父さんも私も、すっごく心配して言っているのよ」

「そうだな、安子君に電話しておこうかな」

「へぇーっ、ボ、ボ、ボじゃなくて、リョウスケ先生、泊まるのですかー」

「イ、イ、イオリさんは、そういえば着替えがありましたよね」

「はい、ありましたよね、ですか、あっはは、おもしろーい、ボ、ボ、じゃなかった、リョウスケ先生、うっうっ海で」と言って黙った。

「おふくろー、こいつじゃなくて、イオ、イオリさんが、その貝を取るのに夢中になって、服を濡らしてしまって」と説明しようとしたら、

「あの、もしもイオリちゃんが嫌でなければ、おばちゃんが若い頃に着ていた洋服があるのだけど。嫌だったら無理にとか言わないわ。私はね、物が捨てられないタイプなのよ」

「あっ、物を大切にするのって素晴らしいと思います、シニアピアでお世話になっている、高

齢者のみなさまのお話を聴かせていただくと勉強になります。私、喜んでお借りします」

「まぁ嬉しい、それとね、髪が濡れたまんまでよく我慢してたわねぇ、偉いわ」

「あ、昔からあまり気にしないって言うか、自分で乾かすのが苦手なのかなぁ」と髪を触っていた。

「そうだったわね」と、また懐かしそうに言った。

「え、どうしてわかるんですか、お、おば、うー、おばさまってエスパーなの」と伊織が真剣に聞いた。

「うふふ、だといいけど」と淋しそうに笑った。

「さあイオリちゃん、お風呂場はこっちだから」と言いながら伊織の腕に手を回した。

「はっはっはい、ではお言葉に甘えます」

「後でここに着替え置いておきますからね、ごゆっくりね」

「はい、ありがとうございます」とニッコリ笑った。夏琳は、あの時の伊織の笑顔だと実感して、嬉しさで心がいっぱいになった。

「さーて、お料理作らなきゃね」と言いながらリビングにもどってきた。

「ねぇ了介、イオリちゃんの嫌いな食べ物ってあるかしら」

「イオリ君は、肉と魚がダメらしいぞ、昔、診察に来られた時、ご両親が嘆いておられてな」

「おやじ、よく覚えていたんだな」

「いや、肉と魚を食べないで、何を食べているんだろうと、不思議に思っていたので覚えていたのさ」

「じゃあ、お母様もお料理作られるのに大変だったんじゃないかしらね。今はどうしているの」

「あぁ、今は受付の安子君が作ってくれているんだ、ボクの分もね。助かっているよ。それで、安子君が本格的に臨床心理士になりたいといってきてね。ボクが家庭教師を引き受けたんだが、仕事が忙しくて、なかなか手伝えないんだ。おっと話がそれてしまった。イ、イオリさんは野菜中心なので、サラダで大丈夫だと思う」

「まあ、まるでウサギちゃんみたいでかわいいわね。じゃあ簡単に作るわね」

「おふくろ、よろしくな」

「ところで了介、イオリ君は偏食も大変だろうが、性格も個性的だろう。ご両親がお亡くなりになられたと聞いてから、私はずいぶん心配したよ。だけど、どういうご縁か、また私のところに来てくれるなんて、タカナシ夫妻が導いたのだろうか。で、どうだい」

　二人の会話に割り込むように、夏琳が、

「了介、イオリちゃんって素直でかわいいわね、私、もらっちゃおうかなー」

「おふくろー、イ、イオリさんは物じゃないぞ」

「そうだよ、お母さん、了介の言う通りだぞ」

「それで、二人に大切な話があるんだよ」

「なんだ改まって」

「まさか了介、あれ？かしら」

「おふくろ、あれってなんだよ」と少し顔が赤くなった。

「まあ、了介の話を聴こうじゃないか」

了介は正月前の出来事から、できるだけ詳しく話した。

「まあ、イオリちゃん、かわいそうに」

「パラソムニアって、イオリ君、辛かっただろうな」

「おい、二人ともイ、イオリさんの心配ばかりしてますが、ボクも大変だったよ」

「それで、イオリ君、今はどうなんだ」相変わらず伊織の心配をしていた。

「そ、その、あちこちにあざがあって、見ていられないので、ボ、ボ、ボクが横で、あっ横にですね、自分の、ふ、ふ、布団を敷いて、イオ、リ、さんが動き回らないように気をつけてはいます」

かなり顔が赤くなっている。

「ほう、そうか、それで今はどうなんだ」

「ま、まだ時々歩き回るので、今も横で寝ていますが、あの、その、ボ、ボ、ボクの布団に、イ、イ、イオリさんが入ってくることがありますが、手をつなぐと安心するみたいで」

「まあ、イオリちゃん甘えん坊さんだわね、かわいい、それで手をつないであげるのね」

「やはり分離不安ってのが強くなってしまったんだろうか。かわいそうになあ」

功幸が話していると、夏琳が了介にお願いがあるらしく、手招きして呼んでいた。

「ちょっとー、了介、ねえ、今夜だけでいいから、了介の役をかわってくれないかしら。あなたもイオリちゃんを気にしてて、寝不足でしょ。そうよ、疲れた顔しているもの。じゃあ今夜はゆっくり寝なさいね」と勝手に決めてしまった。

「イ、イオリさんがなんて言うかな」

「お先に出ました」と伊織がシャワーを浴びて出てきた。お風呂の中で、おじさま、おばさま、リョウスケ先生と、すんなりと呼べるように練習したらしく、にこやかな笑顔だった。

「あのー、それにしても、おばさまの寝まき、フリルがたくさんついてて、ドレスみたいで、ものすごくかわいいですね」と、伊織はお風呂上がりの顔でほほ笑んだ。

「かわいい」と三人が口を揃えた。

「えっ、お父さんまで何を言っているの」

「まあいいじゃないか、さて夕食にするか」

「そうだな」とボスが一番顔を赤くして言った。

「イオリちゃん用に、お肉もお魚もありませんから、気にしないで召しあがってね」

「おばさま、ありがとうございます。気をつかわせてしまい、すみません。ボ、あっ、リョウスケ先生から聞いたのでしょう」

「違うわよ、イオリちゃんのお母様からよ」

「えっ、母さんが」伊織は急に涙が出てしまった。

「あ、すみません」と涙を手でふき、

「うわーっおいしそう、いただきまーす」

と元気そうな振りをして食べはじめた。夏琳がこの空気を変えようと、

「そうそう、今イオリちゃんが着ている寝まき、ネグリジェって言うのだけど、私が新婚旅行の…」

と言ったとたんに、功幸が真っ赤な顔になり、了介と共に飲んでいたビールを吹き出した。

「おい、お母さん、そんな古い話を今しなくてもいいだろう」

「違うわよ、お父さん、まだ続きがあるでしょ。忘れちゃったでしょうけれど、新婚旅行出発の日のことよ。車で気ままに回ろうって決めてたでしょ、そうしたら突然心療内科に診察に来られた方がいてね、代わりがいないからって、お父さんが話を聴いてあげたのよね。それでね、旅行に行けなくなっちゃって、今日はじめてイオリちゃんが着てくれたってわけなのよね、私、嬉しくて」

「おばさま、じゃあこれ新品なんですね。申し訳ないです、今脱いできます」

そう言う伊織の手を取り、

「イオリちゃんが着てくれるのを待ってたんじゃないかしら。とっても似合っているし」

「てゆーか、おふくろ、こんなフリフリを着たかったのか」

と了介が恥ずかしそうに言った。

「了介、お前、お母さんに向かってなんてことを言うんだ、夏琳はこう見えても、昔はとってもかわいかったんだぞ」と功幸はつい口がすべった。

「いやだわあなた。昔は、ってどういう」と言いながら夏琳は伊織を見た。伊織は久し振りに他人である家族の中で、震えながら下を向いていた。夏琳は功幸を呼び、

「イオリちゃんの様子がおかしいんだけど」と言った。

「ああ僕も気付いていたよ、おもしろおかしく言ったことが裏目に出てしまったみたいだな、さてどうするかだな」と功幸は了介の近くに行き、あえて大きな声を出した。

「了介は子供の頃から一人で寝るのが怖かったよな、昔はお父さんと、手を繋いで寝ていたよな、今夜は久し振りにそうしような、急なことで布団がまにあわなくてな」

「おやじ、何言って」

「お父さん、それが良いわね、だったら今夜は私がイオリちゃんと寝ましょう、いつも了介が迷惑かけててごめんなさいね、ゆっくり眠れなかったでしょ」

「あ、いえ、おばさま、そ」と言いかけたが、

「えっなあに？　あっ、髪はおばちゃんが乾かしてあげるから、もう少し待っていてね、すぐお風呂から出てくるから」と言うと、かなり急いで風呂場に行った。

「自分で乾かせるのに」と独り言のように言ったが、功幸が、

「イオリちゃん頼む、お母さんは自分の娘の髪を乾かしてあげることが出来なかったんだ。辛いかもしれないが、お母さんがあんな嬉しそうな顔をしているのを見るのは久し振りでね、私も嬉しいよ。イオリ君、すまんなー」

「いえ、私でお役に立てられるなら。それより、おじさま、やっぱり、リョウスケ先生って一人で寝るのが怖いの？　一人暮らしの時は、大丈夫だったの？」

「さ、さあなぁ、くわしいことは聞いていないのだが、今夜はお母さんをどうぞよろしくな」

「はい、こちらこそよろしくお願いします」

と言ったものの、伊織にはボスと父親が、手を繋いで寝ている姿を想像できなかった。

「イオリちゃーん、待たせちゃったかしら、さあ、二階へ行きましょうね、みんな、おやすみー」

「おやすみなさい、おじさま、リョウスケ先生」と深々とおじぎをした。

「はい」と声が揃った。階段を上がる音が賑やかに響いた。

「おい、了介、今夜はイオリ君、パラソムニアになるぞ」

「ああ、今日は色々あったし、心が処理しきれないだろうな、申し訳ないことをしたかなあ」

「まあ、お母さんにまかせて、続きの話を聞かせてくれ」

小夜時雨がひそひそと溢れ落ちてきた。二階では伊織が髪を乾かしてもらっている。

「ねえ、イオリちゃん、今でも、カタツムリしゃんと、お話できるの」

「えっ、カタツムリしゃんって、どうしてしゃんがつくの」と不思議そうに尋ねた。

「あら、ごめんなさいね。昔ね、イオリちゃんがね、おばちゃんに、カタツムリしゃんって言ってたのよ」

「あはは、そうでしたか、かわいいですね」

「昔のことが思い出せないんです」と伊織の表情が暗くなってしまった。それを察してか、夏琳は話題を変えた。

「でしょう、すっごくかわいくてね。カタツムリを見るとね、あなたのことを思い出してね」

と言うと、乾かす手が止まった。

「イオリちゃんは今のお仕事楽しい？」

「楽しいって言うと辛くされている方に失礼ですが、やり甲斐があります」

「イオリちゃん、しっかりしているのね」

夏琳はこらえ切れず伊織の背中を抱きしめて泣いた。

「おば、お母さん、泣きたい時は我慢せず泣いてください。ただ私が言うと否定的になってしまうかもしれませんが、ユキミさんの前ではどうか笑顔を見せてあげてください。あのね、ボス、いえ、リョウスケ先生がね、今日ね、命あるものは誰の代わりにもなれないんだみたいなことを言ってまして、私はユキミさんの代わりではないのですが、何かお役に立てれば嬉しい

「まあ、了介がそんなことを。うふふ、あの子も偉くなったわね。イオリちゃんありがとう。さぁ乾いたので寝ましょうか、枕が変わるけど大丈夫かしら」

「はい、眠剤がありますので」

「あなた、お薬飲んでいるの」

「はい、以前はうつ病にもなっていて、今は、うつ病の薬と、眠剤を飲んでいます。薬を飲まないと眠れなくて」

夏琳は、かわいそうにと心の中で泣いていた。伊織はユキミさんの話をしないように心がけた。

「じゃあ、おやすみなさい」

「はい、ありがとうございました、おやすみなさい」

二人は静かな眠りへと入る予定だったが、何やら一階が騒がしくなっていた。

「おっと、安子君に電話するのを忘れていた」

「おい、了介、今何時だと思っているんだ、さすがに寝ているだろ」

「あ、寝ているで思い出した、電話の後でおやじに話があるから」そう言うと電話をしはじめた。

「はい、こちら桜並木心療内科っす」

「え、っすって、おい、コンタか、安子君はどうしたんだってゆーか、とにかく安子君に替われ」

「はぁーい、ボスー、替わりましたわよん」

「おい、わよんってなんだ、それより勉強はどうしたんだ」

「それがねえ、図書館の帰りにねえ、偶然コンタさんも、ねーと言っている。

受話器の向こうでコンタさんも、ねーと言っている。

「そんな偶然あるもんか。どうせ、お前さんがわざと遠回りしてコンタの店に寄ったんだろ」

「あらまぁボス見てたのー、いやらしいわね、プライバシーの侵害じゃないねぇー」

と言うと、コンタさんも、ねーと言っていた。

「でねでね、一人で食事するのもつまらないじゃない、飲むのもねー、それでねー」

「お前、ねーねーは、もういいからなんでそこにコンタがいるのか説明しろ」

「あ、こっちは心療内科のほうじゃないし、結局コンちゃんが早目にお店を閉めて、ここで色々お料理を作ってくれてたのよねー」

「ほーう、そうか、で、こっちの話だが、今夜はボクの実家にイオリさんと泊まることになってだな」

「あらまっ、急に、イオリさんて呼んでるし、あれなの？」

「あれってなんだ、お前酔っているだろ」

「あれって言ったらねー、プロポーズしかないじゃないの」

と言うと、コンタさんがいきなり横から大声で、

「センパイ、プロポーズしたんすか、めでてーなぁ」と叫んでいた。

「ふざけたことを言ってないで勉強しろ。コンタ、勉強のジャマはするなよ、まあ明日には帰るのでよろしくな」

「へい、安子さんのことは、オレが守るっすよ」

「きゃはは、何言っているの、コンちゃんたらー」

「おい、もう切るぞ、お好きにどうぞ」

「いやだー、ボスったら、お好きにとか」といきなり電話を切った。

「コンタのやつ、いつの間に。まあ帰ったら、とっちめてやる。そういえば安子君、男心を掴むには、まず胃袋からって言ってたが、女心を掴むの間違いじゃないのか。フフフ、ミイラ取りがミイラになる、なんてな」急にニヤニヤしはじめたボス。

「了介、何かあったのか、顔がニヤついているぞ、それとも精神的に参っているのか」

「おやじ、ボクは大丈夫ですよ、むしろ、伊織さんに癒されている感じです」

「ほー、了介は私に惚気(のろけ)を聞かせる為に帰ってきたのかな。父さん嬉しいぞ、あのイオリ君と出会っていたことがな。あの子は大変だろうが、純粋で素直だろう。私は長い間、カウンセラーをしたが、変な意味じゃなく、あんなに不思議な子を見たことがないぞ、ユキミもイオリ君

くらいしっかりしていたらなぁ」

「おやじ、ユキミ、ユキミって言うなよ。心の中でユキミは生きているんだ。ユキミとは別にイオリさんを思ってあげてほしいんだ」

「了介、お前、イオリ君のことが」

「あぁ、大好きだ。大切にしたいと思っている。いずれ改めて」

そう言っている自分が恥ずかしくなったのか、話題を変えた。

「ところで、おやじ。うちで受付をしている、黒田安子さん知っているだろ」

「ああ、お名前だけはな、お母さんは電話でよく長話をしているが、彼女がどうしたんだい」

「実は臨床心理士を目指すことになって、心療内科の二階で住みこんで勉強してます。で、ボクのカウンセリングが終わってから家庭教師をしていますが、イオリさんのこともあり、なかなか見てあげられなくて」

「それで私が了介のかわりに、家庭教師をするということかな」

「さすが、おやじ、ご明察」

「私はかまわんよ。これからの若い人たちが一人でも多く心理学の道に進むというなら、喜んで手伝わせていただきたいが、お母さんをここに一人には出来ないしなぁ」

「そうだよなあ、おふくろ淋しがり屋だし」と二人で二階を見上げていた。

さて、二階の二人はどれくらい眠っただろう、案の定、伊織が動き出そうとした時、夏琳が自分の布団の中へ連れて入った。

「イオリちゃん、大丈夫だからね」と抱きしめたその時、伊織は夏琳の胸元に手を当てて、「母さん、会いたかったよー」とつぶやいた。

「イオリちゃん、私もね」と言い、また思いっきり抱きしめた。伊織は安心したのか、そのまぐっすりと眠った。夏琳も久し振りに娘と眠ることの嬉しさを噛み締めるように眠った。

一度は二階で激しい物音がしたので、了介が心配になり、上がろうとしたが、功幸が、「お母さんにまかせておけば大丈夫だよ」と言い、話の続きに戻った。

「なぁ、おやじ、こういう考えはどうだろうか。イオリさん次第なんだが」

「了介、もういいよ、お前がイオリ君の名前を言う時、辛そうだぞ、また、イオリ君もお前の名前を呼ぶ時もそうだ。私が無理に言わせたみたいで申し訳なかったな。明日からいつも通りでかまわないよ。ただ私とお母さんは、名前で呼ばせてもらうのでね、それでお前の名案とやらをぜひとも聞かせてもらおうか」

久し振りに揃った親子は夜が明けるまで語り明かした。

朝日が冬の寒さでふっくらとした雀たちを連れて、申し訳なさそうにやってきた。

「おはようございます、おばさま」

「イオリちゃん、おはよう、夕べはよく眠れましたか、了介がいなくても大丈夫でしたか」

「はい。あれ、私いつのまにかおばさまの布団に入っていた。すみません」

「おばちゃんはイオリちゃんと眠れて幸せだったわ。もう帰っちゃうのよね……」

夏琳は辛そうな顔になった。

「また来ますよ、お母さん」つい伊織は、お母さんと口にしてしまった。

「イオリちゃん、ありがとう。おばちゃんのアダ名だと思って、そう呼んでちょうだい」

朝日がニコニコと輝いていた。

「おはようございます」と、二人が二階からにこやかな顔を見せた。

「おう、コトリ、よく眠れたか」

「えっ、コトリって」

「あぁ、おやじがいつも通りでいいと言ってくれたんだよ」と、ボスが笑った。

「あー良かった、普段通りがいいですね、お父さん、おはようございます」

「えっ、お父さんっていきなりどうした」

「あっ、お母さんがね、あだ名だと思えばいいでしょって言ってくださって。そう思うとすごく言いやすくなって、昨日はドキドキでした」

「おぉ、そうか」

「イオリ君おはよう。よく眠れたみたいだね、良かったなあ」

「はいお父さん、ありがとうございます、それでお父さんは、ボスの手を握ってあげましたか」

クスッと笑い肩をすくめた。

「それがあいにくだが寝てないんだ」

「イオリちゃん、その前に顔洗ってきなさいよ、私はごはんのしたくするからね」

「はーい、お母さん」と洗面所へむかった。

「ちょっとあなた、聞いた？　お母さんって言ってくれるのよ、嬉しいわ」

「私もお父さんて言われたぞ」

伊織は出会う人みんなに笑顔を届けているようだ、しかしそのことを本人は気付いていないらしい。

「食べながらでいいから聞いてくれ。了介と話をしたんだが、まずイオリ君の気持ちが一番と思ってな、ゆっくり話すからな」

「まず安子さんのこと、臨床心理士を目指して勉強しているそうで、了介が家庭教師をしているみたいだが、忙しくてな。私がその役目を引き受けようと思うんだが、イオリ君はどう思うかな」

「はい、私、あんこちゃんには大変お世話になっているので喜ぶと思いますが」

「ほう、あんこちゃんか、そりゃいいな、これから我々もそう呼ばせてもらうかな」

「そうね、あんこちゃんとは時々電話で話すけど気さくでいい娘だと思うわ」

「イオリ君も賛成してくれたので次の話だが、私もこの年で無理がきかず、毎日車で往復というのが出来なくて、この際、元の家へ移ろうかと思っているのだがどうだろう」

「えっ元の家って、まだ家があるのですか」

「そうだよ、今コトリが住んでいるところだよ」

「えーっ、じゃあ私がこっちですか」

いきなり暗い顔になり、食事の手が止まった。

「何言っているんだ、コトリは今までのところに住めばいいんだ。ボクの両親がコトリのところへ来るんだよ、部屋数も多いし。無理だったらはっきり言ってくれ。我慢してまでは、ストレスになってしまうからな」

伊織の知らない話がたくさん出てきて戸惑って言葉が出なくなった。

「あのー、私は住まわせていただいているし、上手く言えないのだけど、みんなで助け合って生きるって素晴らしいことかなって思います」

カウンセラーとなり、たくさんのひとたちの話を聴いてきた結果の答えだろうか。

「コトリ、ありがとな。そうと決まれば後は安子君に話をしてみるか」

「イオリ君、どうもありがとう」

「私は、イオリちゃんと一緒に暮らせるのが嬉しくって」と夏琳は涙を流した。

「お母さん、泣いてばかりじゃダメですよ」

「うふふ、そうね。私たちが行くまで、待っていてね」

「はい、お世話になりました。私こそ待っていますから、色々とお世話になりました」

「コトリ、薬は飲んだか」

「ボス、私、車の中からボスと同じ景色を見たいので、薬は飲んでいないですー」

「お前さんが大丈夫なら、急ぐぞ」

帰りは行きよりもずいぶんと早く着いた。車の音が聞こえたのか、コンタさんが迎えに出ようとしたが、安子さんに止められた。

「コンちゃん、今日のところは申し訳ないけど出口からそーっと帰ってね。コトリちゃんは何も知らないらしくて、動揺させちゃうと、かわいそうでしょ」

「それもそうっすね、コトリちゃんは硝子のようだってセンパイが言ってたっすから。じゃあまた」

「はい、コンちゃんありがとう」

コンタさんにそう告げると、何事もなかったかのように二人を出迎えた。

「ボス、コトリちゃんお帰りなさい」

「安子君、アイツは」とボスは伊織の前だったので名前を出さなかったが、

「ボスー、アイツって誰？」と伊織が聞いた。

「コトリちゃん、ボスは、まいったって言ったのよねー」とボスを見た。

「あっそうなんだ、まいったよ、寝てなくて」

「ほら、やっぱし私が手を握ってあげなかったからでしょ」と無邪気に笑って言った。

「へー、そうだったのって、コトリちゃんは誰と寝たの？」と心配そうに聞いた。

「あのね、ボスのお母さん」と嬉しそうに答えた。

「まあ、ここで話をするのもなんだから、とにかく家へはいって、コトリは荷物の後片付けをしていなさい」と伊織にまず先に、部屋に入るように言った。

「安子君」とボスが言おうとしたら、

「ボスー、しちゃったのー、プロポーズ、うふふ」と先に安子さんに質問された。

「何バカなこと言っているんだ、それより」

「それよりコトリちゃん、おばさまのことをお母さんって言ってましたが、プロポーズしたんでしょ」

「お前さんもしつっこいなあ、ほらもうすぐコトリが来るぞ」と、言っているそばから、

「ボス、片付け終わりました。あんこちゃんお土産なくってごめんなさい」

「いいのよ、それより楽しかった？」

「はい、皆さんいい人で、あんこちゃんは一人で淋しかったでしょう？　急に変更になってごめんなさい」

「私はコン」と口がすべってしまった。

「え、コンってどうしたの」

「そりゃあれだよな、コン晩からは賑やかになるって意味だよな」と言い、安子さんをにらんだ。笑うしかない安子さんだった。

「ところでな、安子君に話があるんだが。ボクがなかなか勉強を見てあげられず申し訳なくって、このたび勝手にお前さんの家庭教師を見つけてきたんだが」

「まあ、ありがとうございます、で、誰なんですか？」

「イサユキタカヤマ、ボクのおやじだ」

「え、イサユキ先生、ボスのお父さま、あの有名な心理学者の功幸先生ですか？」

「まぁ有名かどうかはわからないが、どうだ」

「どうだって言われても光栄です。やるっきゃないでしょとしか言えないですよ」

「そーか、それは良かった。ボクの母がオマケで付いてきて、お前さんの受付が忙しい時は手伝うそうだ。かまわないかな」

「はい、昔、ここの受付されてたの聞いてましたし、ありがたいです」

「そうか、それでここにごっそりと越してくるそうだ。日帰りってのもキツイらしい。で、食事もおふくろが作るって張り切ってたぞ」

それは、コンちゃんがと安子さんは言いたかったが、伊織の手前、時期が来たら話そうと思ったようだ。

カスタードクリームのような清い蝋梅たちが、うっとりする香りを庭一面に漂わせている中、鷹山家が懐かしい古巣へ戻ってくる日がやってきた。

「両親を迎えに行く前に墓参りに行くけど、この前は墓にちゃんと行けたが大丈夫だったか。何も言わずに連れて行ってしまい、スマンな」

「ううん、ボスと一緒だったし、海が楽しかったから大丈夫でした。今日は海はないよね」

と小声で言いながらボスの顔を見た。

「今日は急ぐから、ユキミのところから海を見るだけだな、海はまた来れるさ」と笑った。

「ボス、ユキミさんって白いお花が好きなの」と助手席に乗って花束を抱えている伊織が尋ねた。

「そうだな、ユキミって名前なので、たぶんかな、あまり喋らない子だったよ。まるであの時のコトリのようだったかな、今はよく喋ってくれているので気持ちがわかりやすいぞ」

「そんなに喋ってますか」少し恥ずかしそうに言った。

「さあ着いたぞ」

「すごく早いですね、もっと遠いのかと思ってました。あっ、前回は寝てたし、海があったし」と言いながら、ユキミさんの墓石の前に行き、花束を供えて手を合わせている。二人の姿を見つけた住職が近づいてきた。

「ご住職、おはようございます」と元気に挨拶をした。

「はい、おはよう、お坊さんからランクが上がったのかな」と、ニッコリ笑った。

「ご両親から伺いましたぞ。皆さん古巣に戻られるそうじゃな。ついにご結婚かな」

ボスは、また住職を隅へ引っ張ってゆき、これまでの経緯を話した。

「ほうなるほどな、まぁそれでも君たちはいつか結ばれるじゃろうぞ、私のカンはよお当たるでな」

と言いながら、伊織に手を合わせ、寺の中へはいっていった。伊織は何かつぶやきながら墓石へ無心に手を合わせていた。

「ユキミ、また来るからな。今度はみんなで」

とボスが言った瞬間、アゲハ蝶が青空に向かって艶やかに飛び立った。

二人は鷹山家に到着すると、了介の両親を車に乗せて古巣へと急いだ、母、夏琳は、ユキミの写真を胸に抱き、手にはあの日伊織からもらった貝殻を握っていた。車の中で伊織は緊張していたのか無言だったが、やがて功幸が、

「イオリ君これからもよろしく」と声をかけると、夏琳も、

「イオリちゃん、私、今日を楽しみにしてたのよ、よろしくね」

「はい、こちらこそどうぞよろしくお願い致します」と丁寧に挨拶をした。

「遠いようでも案外近いんだな、到着したよ」

「了介、ご苦労だったな」と言いながら車から降りると、安子さんが待っていた。

「まぁ懐かしいわね、お父さん」

「そうだね、あの花水木、あんなにも伸びたんだなあ」

「ここの庭は、近くの高齢者の皆さんがお世話をしてくださるのでありがたいよ」

「了介、良い人たちと出会えたんだな」と功幸は相変わらず花水木を見上げていた。

「功幸先生、奥様、はじめまして」と安子さんが待ちきれず駆け寄ってきた。

「あんこちゃんと呼べば良かったのかな」と言うと伊織の顔を見た。伊織は嬉しそうに大きくうなずいた。

「まあ、功幸先生からそう呼ばれるなんて、親近感が増します」

と、かなり嬉しそうな安子さんだった。

「じゃあ私も、あんこちゃんでね、どうぞよろしくね、私のあだ名は、お母さんらしいので」

と夏琳は和やかな笑みを浮かべた。

「今日は、のんびりさせてもらうが、明日から私は厳しいぞ、はっはっは」

と笑いながら家の中へ入っていった。

「お父さん、かなりやる気らしいわよ、私は娘がいきなり二人できたみたいで、すごく嬉しいわ」

と言いながら功幸の後を追った。久し振りに古巣には人が増え、古くなった大黒柱が力一杯家を支えていた。

「今日は引っ越しに、挨拶にと疲れたでしょうから、夕食は簡単に作るわね」

と夏琳が言うと、私も手伝いますと、安子さんと伊織が声を合わせた。

「まあ嬉しいわ、ありがとう、一気に娘が二人もできちゃった」

夏琳は生まれ変わったかのようにいきいきしていた。

「じゃあお酒のおつまみ程度でね」とつけ足した。

「そうだな、少し飲むとするか」

「功幸先生が飲むならお付き合いしますわよ」と安子さんは目を輝かせた。

「おやじ、明日から仕事なんだから少しにしてくれよ。で、コトリはどうするんだ」

「ボス、私は疲れたので横になりたいのですが、今夜からボスはお父さんと寝るのでしょう」

と心配そうに聞いた。

「そうね、了介はそれが良いわね、イオリちゃんは私と寝ましょうね」

と夏琳は了介をチラチラ見て言った。

「コトリの好きにすればいいさ。みんなお前と寝たいと思っているんだ」

「えーっ、お父さんも私と寝たいの」と驚きながら功幸を見た、なぜか顔が赤かった。

「いや、私は、あんこちゃんと」と言って話を続けようとしたが全員が驚いたので、

「話の続きを聞きなさい。あんこちゃんの勉強を手伝わないといけないので」と言うと、

「なーんだ」と笑い声が出た。

「えーっと、私はボスと寝てあげたいです。一人じゃ怖いって言っているし」

「あら、ボス良かったわね」

と安子さんがニヤニヤして言った。

「そうなの、了介がいいの。残念だけどたまには私とも寝てね」

夏琳は了介をにらんでいた。

「コ、コトリ、たまにはおふくろとも寝てあげてくれないか、一人で寝るのが淋しいそうだ」

と夏琳を笑顔に戻した。

鷹山家では一人で寝られないものばかりなのねと伊織は思ったが、それが自分の為だということを知る由もなかった。

「ところで、お父さん、明日は町内会長さんのところへご挨拶に行きましょうね」

伊織は本当に疲れたとみえて早々におやすみなさいと告げるとお風呂に入り、その後眠りについてしまうも、夏琳に起こされ髪を乾かしてもらっていた。

「お母さんありがとう」と言うと夏琳の膝に蹲るように寝てしまった。

あまりに夏琳が戻ってこないので伊織のことが心配になった了介は寝室を覗いて驚いた。伊織の上に夏琳が覆い被さっていた。それはあの雪の日、白い大きな鳥が伊織を雪から守ろうと

していた姿と同じだったのだ。静かに扉をしめると、功幸の元へ戻った。

朝日がいつもより早く昇り、紅色に輝いていた。いつの間にか窓が開かれ、一羽の真っ白い大きな鳥がそこから太陽を目指し飛翔し、やがてその羽が真朱色(まそほいろ)に染まり消えていった。そうしてもう二度と伊織の傍(かたわ)らに飛来することはなかったように思えた。

了介だけがその姿をそっと見送った。そして、夏琳を起こすと、代わりに自分が伊織に付き添った。夏琳も寝ぼけていたのか、そのまま自分の部屋へ戻った。

「まったく、お前はヒヨッコだな」と囁き、伊織の髪にそっと触れた。ボスの気配に気付いたのか、伊織は起きようとしたが、また眠ってしまった。

## 貴（あで）やかな伊織と了介の想ひ

桜の花弁たちはこの日を待ちきれず、次々と我先に花開き、また散り急ぐものもあった。

この風景は、伊織が真朱色（まそほいろ）のログハウスの桜並木心療内科を訪れた日に似てはいたが、あの日は曇り、伊織の表情も暗かった。今の伊織にはその面影はなく、にこやかな笑顔を浮かべられる人となっていた。

新しい生活にもそれぞれが慣れてきた頃、夏琳が無邪気な顔をして、

「ねえ、桜がもうすぐ終わっちゃうけど、今日のおひるごはんは、お庭で食べましょうよ」

と提案してきた。

休診日のこの日、自然とみんなが庭に集まり、安子さんお手製のカモミールティーを飲んでいた。

「そうだね、庭でおひるごはんというのもいいんじゃないか。昔はお母さんと二人でよくこうして庭を眺めていたがね」と功幸が懐かしそうに言った。

「お料理ならコンちゃんに任せちゃいましょうよ」と安子さんがニコニコして言った。

「おい、安子君、何言っているんだ、コンタにだって都合ってもんがあるだろうよ」とボスが言っている横で功幸が、

「了介、かまわないさ、あんこちゃんからコンタ君の話は、そのなんだな、色々聞かされてなぁ」と恥ずかしそうに言った。

「おやじがテレてどうすんだ。それより安子君、しっかり勉強しているのか？」

「まぁまあ了介、そんな厳しく言わなくても、彼女は一生懸命やっているよ。コンタ君の話は、休憩中にだな、私が聞いたわけでもないが嬉しそうに話すんだよ、誰かに聞いてほしい年頃じゃないのか。了介、お前もカウンセラーなら時々聞いてあげなさい」

「そうよ、やっぱり功幸先生はいいことを言われるわ」

安子さんは味方が出来たとニンマリしてボスを見た。

「あんこちゃん、何の話しているの？　コンちゃんって、コンタさんのこと？」

「そうなのよコトリちゃん、実はね」安子さんが話そうとした時、ボスが咳払いした。

「で、おひるごはんはここの庭で食べるんだな、おふくろ」と話題を無理矢理変えた。

「うわーっ、楽しみですね。ああ、それでコンタさんにお料理を頼むのですね」

伊織は一人で納得していた。

「まあそういうことで、楽しみよね。しかもお酒もありでしょ、功幸先生」と安子さんは、話題は変わったものの、お酒というワードに元気が出た。

「そうだな、たまには昼間から桜を相手にいただこうか」と功幸も嬉しそうだった。

「あなた、あまり飲み過ぎないでくださいよ」と言う夏琳も嬉しそうだった。

「まぁ私は、お母さんほどは飲めないがな」と功幸が言った。夏琳は安子さんと同じで、止めどなく飲む、いわばザルなのであった。

「おふくろ、コトリにはあまり飲ませないでくれよな、あいつ酒癖が悪くてな」

と言うと、安子さんが待ってましたとばかり、今までの伊織の最強ぶりを身振り、手振り、とどめはお姫様口調まで使い出した。

「安子君よく覚えていたんだなあ」とボスは呆れていたが、夏琳はお腹を抱えて笑っていた。

「イオリちゃん、かわいいわね。今日も飲ませちゃおうかしら」と安子さんにウインクして、伊織を愛しそうに見つめていた。何かを思い出したかのように、安子さんは夏琳を部屋に連れていき、伊織が成人式が出来なかったことを告げた。それを聞いた夏琳は、自分が持ってきていた着物一式を出した。

「ユキミにと思っていたのだけど、あの子は……」と声を震わせたが、

「実を言うとイオリちゃんのことだから遠慮しちゃうと思うから、あんこちゃん上手く理由考えてね。今日は桜が綺麗だしね」

「はい、お母さん、コトリちゃん連れてきますね。あっ、その前にコンちゃんに連絡しなきゃ」と嬉しそうに言った。それから、

「ちょっとコトリちゃんをお借りしまーす」

と安子さんが伊織を家の中へひっぱっていった。道中にきちんと説明しているのだが、嫌だーという叫び声の中、ドアが閉められた。

「何がはじまるのかな、了介」

「さあ、お料理のしたくじゃないかな」としゃべっていると、イソイソとコンタさんがやってきた。

「センパイ、お久し振りっす」

「どうしてコンタが」と驚いていた。

「エヘへ、あんこちゃんに頼まれまして、おっ、お父さんもお元気そうっすね」

「おー、コンタ君、元気そうじゃないか、って、もう毎日あんこちゃんから君の話ばかり聞かされているので他人のようには思えなくて」と、かなり嬉しそうな功幸。

「エへへ、そうすか、なんか恥ずかしいっすね」と言うと、持ってきた酒と料理をテーブルに並べはじめた。

「コンタ、やけに手際がいいなあ。それで、安子君のことは真面目に考えているのか」

ボスが真面目な顔で聞いた。

「もちろんっすよ、センパイと同じっす」

「おい、了介。お前も、あんこちゃんが好きなのか」と功幸はわざととぼけて聞いてみた。

「おやじ何言っているんだ、ボクが好きなのはコトリ、いやイオリだけだ」

と、つい勢いに任せて大きな声を出してしまった。

その時、強い風と共に散った桜の花弁たちが、元ある枝に戻る勢いで大きく舞った。

「うわっ」という声のほうを見ると、貴やかな振袖を着た伊織が立っていた。功幸は夏琳に、その振袖は、と言いそうになったが、安子さんに止められた。

「コトリちゃん、綺麗っす」と、コンタさんがはじめに声を上げた。

「センパイ、コトリちゃん、綺麗っすよねっ、ね」

とボスの顔を見ると、真っ赤になって言葉が出なくなっていた。何か言わないといけないと思って、つい、

「遅かったな、コトリ」と言ってしまった。

「もう了介ったら何言っているのかしら」と夏琳が呆れていた。

「イオリ君、とても綺麗だ」と功幸は言葉を出し、ユキミありがとう、と心の中でつぶやいた。

「本当に綺麗だ」と、やっとボスもそれを認めた。

「あたりまえでしょ、この安子様がメイクを担当しましたので」

と自慢気に言っているが、ボスには誰の言葉も聞こえてはいなかった。夏琳は、伊織に、あなたの場所は向こうでしょうと囁いて、了介のほうへ指を差した。伊織は歩き出そうとしたが、はじめての振袖に袂を引っかけて転びそうになった。ボスが慌てて伊織に近づき、そのまま抱

きかかえ、食事のあるテーブルまで連れていき、椅子に座らせた。

「あのー、ボス、ありがとうございます。みんなが見ていて恥ずかしかったけど」

「お前さんは桜の花弁を踏むのがかわいそうだと思っているんだよな」と笑っていた。

待ってたぞコトリ、と、またあの時の声が聞こえた。

「さて、皆様、無事に揃われましたのでカンパイしましょう。お酒は天からの美禄だからね」

と、安子さんがカンパイと言っているそばで、ボスが伊織にむかって何か喋りはじめた。

「そういえば、お前がここにはじめてきたとき、ヒヨドリの鳴き声に驚いて大泣きしたよな、辛かったんだろうな、ボクはあの時から」と言って我に返った。

「ボス、カンパイよ」と安子さんが言っていたが、次に伊織が喋ってしまう。

「ねえ、ボス、あの時からってなんなの」伊織もボスも、カンパイどころではなくなっていたが、

「まあそれは今じゃなくってもいいだろ、みんなもカンパイを待っているし、お前さんも今日は綺麗だし、とりあえずカンパイ」と言ってしまった。

「えー、みんながいたら言えないの」と不思議そうに尋ねた。安子さんがコンタさんを見て、そりゃあそうよね、と言いたそうに笑った。

「ねえ、綺麗じゃいけないの、だったら振袖、残念だけど脱いできます」

と目に涙を溜め精一杯の声を出し、椅子から立ち上がろうとした時、ヒヨドリの鳴き声に驚

き、おまけにボスが伊織の着物の裾（すそ）を踏んでいたらしく、ボスのほうへ抱き合う形で倒れ込んでしまった。

「まあイオリちゃん、了介が」

夏琳は何を言ったらいいか迷ってしまった。

伊織だけが気付いていないボスの気持ち、それは本人が言うしかないとみんな了介のほうを見てしまった。そして時間も風も止まった。

「それでですね、ボス、私に言いたいことがあるのならはっきり言ってください。そもそも言葉を途中で飲み込むと溺れてしまうってボスが教えてくれたでしょ」

とボスの目を見て伊織は言った。

「そうだったな」と言うと伊織をかかえていた腕をいったん離すと、今度はしっかりと抱きしめた。

「まったく、お前さんには敵わないな」と言うと恥ずかしさも手伝ってか、つい力が入った。

「ボス、息ができません」と耳元で囁いた伊織。

「何やってんだ、オレ……。お前、いやイオリにはじめて出会った時に一目惚れしてしまってな、気付くとお前さんばかり見ていたよ。こんな図体（ずうたい）がデカい割に、お前さんの顔を見るとテレてしまってな」確かに顔が赤い。

「ボス、バレバレでしたよ、わかりやすすぎ、コトリちゃんだけが気付いてなかっただけです

「えー、私だけが知らなかったのですか。ボス、すみません」と言うと、みんなは思い切り笑ってしまった。

「おい了介、親の前だぞ」と功幸はテレながら言っていた。

「せっかくいいシーンなんだ、イオリは黙っていろ」と言い、伊織の唇に自分の唇を重ねた。

「まぁ、ステキじゃないの」と夏琳は瞳をキラキラさせていた。

「コンちゃん、私感激しちゃったわ」と安子さんはコンタさんの手を握った。

止まっていた風が心地良く吹きはじめ、フッと一枚、散り遅れた花弁が伊織の髪に落ちた。

「これは今日の記念だな」と言い、ボスがそっと取りポケットへしまった。

「ボス、みんなの前で私恥ずかしくって」と、伊織はうつむいていた。

「タカナシイオリ君、苗字は気に入ってますか」と、突然ボスが尋ねた。

「はい」と伊織は小さくうなずいた。

「じゃあ苗字は変えなくっていい、ボクの嫁さんになってくれますか。大切にします」

「はい」と大きく答え、涙を流した。

「まあ、本当の娘が出来ちゃった、お父さん、私嬉しいわ」夏琳も泣いてしまった。

「お母さん、おめでたいのに泣くことはないだろう」と言う功幸も涙を見せた。

「じゃあ改めてカンパイね」と言う安子さんも泣きながら言っていた。

「嬉しいっす」とコンタさんは号泣していた。

「ボス、みんな泣いちゃってどうしよう」と伊織はみんなを泣かせてしまったことを気にしていた。

「あぁ、お前、いやイオリが泣いたからだろ」あえて意地悪そうに言ってみた。

「ボス、人のせいにしちゃ……」と言う伊織の唇をもう一度塞いだ。さすがに二度目はみんな唖然としていた。

二度とない人生、運命に決められているとは限らないと思う。自分の心が、どうしようもなくなった時には、バス停から左に曲がり徒歩三分、真朱色（まそほいろ）のログハウスの桜並木心療内科へ。

終

## 番外　それぞれの夜

「夏琳、覚えているだろうか、タカナシ一家のことを」
「ええ、もちろん覚えているわよ、イオリちゃんね、とってもかわいかったわ、ただね紫陽花の枝を切ろうと思っていたのだけど叱られちゃってね」
「そうだったのか、急にいなくなって探したよな、おかげで新婚旅行に行きそびれてしまったな、それにしても人生というべきか、縁というべきか、不思議なものだな」
「そうね、だけど、イオリちゃんが小さな指でね、指きりしてくれてね、また会おうねって言ってくれたのよ、あの子なら絶対に約束は守ってくれるとあの時思ったわ」
「そうか、個性的な子だったが、とても優しい子だったよ、あの時テストをしたが、再会してみると、子供の頃と性格が全く変わっていなかったのには驚いたよ、今時あんなにも純粋な娘はいないだろう、イオリ君ならきっと、了介を幸福にしてくれるだろうね」
「タカナシ夫妻が私たちのところへ連れてきてくださったんじゃないかしらと思っているのよ、ありがたいわね」

心療内科の二階の部屋では、「じゃあ、おやすみコンちゃん」と言い、また机にむかった安子さん、今では心理学の世界が楽しいのか、遅くまで勉強をしている。

「ねえ、ボス、話があるのですが」

「なんだ、イオリ」といきなり抱き寄せた。

「息ができません」と頬を紅色に染めた。

「おっと、すまんな」と言うと伊織を抱きかかえるとベッドに向かった。

「それで話とはなんだ、っていうか、その丁寧な言葉遣いと、ボスっていうのをここではやめられないか、仕事場にいるみたいなんだが」

「じゃあ、リョウスケさんとか、お母さんみたいに、あなたとかが良いですか、私、器用じゃないから上手く使い分けられないんです、仕事場でうっかり、リョウスケさんって呼んでしまうと、クライアントさんが不思議に思いませんか」また泣きそうになった。

ボスは壁にもたれ、自分の前に伊織を座らせ思いきり肩を引き寄せ抱きしめた。

「じゃあボスで構わないから話の続き」と言われ、伊織はボスの胸にもたれた。

「あのね、タカって凄いっていうか、偉いんですよ、それで、私、苗字変えても良いかなって思ったの」

「イオリは自分の苗字が好きなんだろ」

「そうなんですが、タカってね、自分が約四十歳ぐらいになると」

「ほー、タカは自分の年齢がわかるのか、確かに凄いなー」

「もうボス、真面目に聞いてくださいよ」

と傍から離れようとしたが、またボスが、離れるな、と耳元で囁き自分の胸に引き寄せた。

「あのね、約ですよ、だいたいってこと、それでね、爪が弱くなり、クチバシも長く曲がり、羽も重くなって、二つの選択をするそうです、このまま死ぬのを待つか、ここからが凄いんですよ、山の頂上に行き巣を作り、クチバシを岩で叩くと新しいクチバシが出てくるの、それからそのクチバシで古くなった爪を一つ一つ剥ぎ取って半年くらい過ぎたら新しい翼が生えて、また大空高く飛ぶそうです、それで残りの約三十年間生きるそうで、それを知った時に、タカヤマって苗字もいいかな、なんて考えました」

「イオリ、それはネイティブ・アメリカンの教えだぞ、信じていたのか、イオリらしいな」

「えーっじゃあウソなの」

「まあウソか本当かは、タカだけが知っているかな」

「じゃあ苗字変えない、私はコトリでいいや、ヒヨッコで良いです」と肩をすくめた。

「いや、お前はイオリだよ、もうヒヨッコじゃないぞ、ありがとな、イオリ」

「こちらこそ、ありがとうございます」この続きを言うつもりだったが、

「そういえば、タカヤマ家のみなさんって本当に一人で寝られないの」と言うとクシャミをした。

「イオリ、冷えたらいけないから布団に入りなさい」と布団を捲った。

「あー、また話をごまかそうとしている」と言いながら布団に潜ってきた。

「もういいか」とボスが一人で納得している。

「何がもういいんですか?」

「イオリ、服脱げ」真剣な顔で言っている。

「えー、今ここで脱ぐのー」とは言ったものの素直に服を脱いだが、あまりの恥ずかしさで、後ろ向きになった。するとボスが伊織の背中の一ヵ所を指で押した。

「痛い、ボス何したの」と服を脱いでいることを忘れて、振り向いてしまった。

「は、早く服を着ろ、どこ見ていいか、恥ずかしくなるじゃないか」

「いやーっ、ボスのエッチー」と天まで響くような伊織の声に、それぞれの部屋の明かりがついたが、やがて消えていった。

「今はそういうことじゃなくて」ボスは動揺していたが、もう一度、真剣な顔つきになり、

「イオリ、痛かっただろう、他にもお前の身体にはたくさんぶつけた痕があるんだよ」

「あるんだよって、いつ見たの、やっぱりおかしいでしょ」とポツリと言った。

「イオリはずいぶん前からパラソムニア、つまり夢遊病になっててな」ボスが辛そうに答えた。

その言葉に伊織は、はっとした。

「それで一緒に寝てくれてたの、お母さんも知っていたの？」

「みんな知っていたよ、ただ、おふくろは心からイオリといっしょに寝たいと思っていたみたいだが、もっと早く気付くべきだったと反省したよ、イオリにこんな痛い思いさせてしまって、ごめんよ」

　と優しく抱きしめた。

「ボス、私こそ皆さんを巻き込んでしまって、申し訳ありませんでした。そういえば最近は、ぶつけていないみたいです、そうそうボスが手を握って一緒に寝てくれたあの日からかなあ、クスクス」と笑った。

「あのね、一度だけ、ボスが寝ている時にね、私ボスの布団に入っちゃいました」

「そんなことくらいわかっていたよ」

「えっ、じゃあボスは寝たフリをしていたのですか？」

「そんなはっきり言わなくても良くないか」

「で、ひょっとして私が眠ったのを確認してから、アザを探してたの、寝ている時に」

「ああそうだ、じゃあ起きている時に服を脱げって言って脱ぐ人はいないだろ、だから仕方なく、かな」

「ボスー、嫌々見てたのですか」と、伊織がわざと落ち込んだように尋ねた。

「い、いや、そういう意味じゃなくだな、その、どう言えばいいんだ、ニコニコとかだと逆にきもち悪いよな、仕方なくって言ったのはだな」と言いかけたところで、伊織がボスの頬に、チュッとした。

「い、い、色が白くてとても綺麗な肌なので、二度とアザを作らせるものか、と考えたのであります、奥様」

「はい、よくできました、今後とも末長くどうぞよろしくお願い致します」とあらたまり深々とおじぎをした。

「あっ、不束者って言うの忘れちゃった、エへへ」

「お前、そんなのまで勉強したのか」

「はい、あんこちゃんから習いました、そうそう、あんこちゃんってコンタさんのことをどうしてコンちゃんって言うのですか」

「イオリ本当によく喋るようになったな、まあ、今はボクたちの話でいいじゃないか」

「あっボス、またごまかしている」

結局二人のお喋りは朝まで続いた。

永遠に続くと願いたいところだが、こればかりは誰にもわからない、と思う。

こうして、小さな小鳥は、大きな鷹に、優しく包まれて、新しい人生、そして、新しい家族というのが出来た。

縁というのは、本当に不思議なものである。

「そーでもないぞ、さすがに、このたびは新しい家族を、二組も作ったんでな、疲れたぞい、しばらく骨休めじゃ」と、どこからか聞こえたような、風の音のような。

終

# あとがき

心理学というものに出会うのが、あまりにも遅過ぎたので資格を取っても就職が出来ない年齢になってしまいました。

何になりたいのか目的のないままに生きている人に少しでも心理学という分野に興味を持っていただけたらと思います。

私も実際に心療内科に通院した頃もありますが、診察時間が四十分になると話していても「じゃあ今回は、これで」と追い返されるのでした。この「桜並木心療内科」は現代人に必要な病院ではないでしょうか。あえて会計のことは書きませんでしたがかなり高いです。心病んでいる人が多い時代だからこそ通院しやすい病院が出来ればと願っております。

私は無料という形でカウンセリングを時々しています。カウンセリングイコール傾聴です。話を聴いてあげることで心おだやかに生活ができるならと思っています。

ところで、前作『宇宙人と暮らしてみれば』の作品に登場した、我が家の愛犬、黒豆あずきさんが二〇二三年九月二十八日に亡くなりました。この日は私の誕生日でもありました。そして後を追うように黒豆大福君が十二月十七日に亡くなりました。十四年間共に生きてきた生きる希望が無くなってしまいました。抜け殻のようになってしまった絆がプツリと切れてしまい中での校正作業の辛かったこと。

伊織の強さ、ボスの優しさ、そしてそれぞれの登場人物に助けられて、作品が出来あがりました。

今回の作品で最後になりますが、読んでくださったみなさまに感謝致します。

ありがとうございました。そして、さようなら。

著者プロフィール

**秋山 真朱美**（あきやま ますみ）

岡山県岡山市生まれ、同市在住。

【資格合格認定】
カラーセラピスト、メンタル心理カウンセラー、
上級心理カウンセラー、行動心理士、うつ病アドバイザー、
終活ライフケアプランナー、チャイルドカウンセラー、
家族療法カウンセラー、カウンセリング実践力強化、
夫婦カウンセラー、不登校訪問支援カウンセラー、
レクリエーション介護士２級、音楽セラピスト、
音楽療法インストラクター、シニアピアカウンセラー、
アンガーコントロールスペシャリスト、
マインドフルネススペシャリスト、和紙ちぎり絵アーティスト、
グラフィックデザイナー
【趣味】
読書（主に古い文豪たち）、歌舞伎鑑賞（主に坂東玉三郎）、
映画鑑賞、ぬり絵、art
【その他】
動物が大好き

マイペット
　黒豆大福君　2023年12月17日に亡くなる。
　黒豆あずきさん　2023年９月28日に亡くなる。
　現在、2023年９月14日産まれのチンチラ「黒豆ちまき」さんと暮らす。

# 小鳥は鷹に包まれて

2024年５月15日　初版第１刷発行

著　者　秋山 真朱美
発行者　瓜谷 綱延
発行所　株式会社文芸社
〒160-0022　東京都新宿区新宿1－10－1
電話　03-5369-3060（代表）
03-5369-2299（販売）

印刷所　株式会社フクイン


ISBN978-4-286-25186-8